全新

專為初學者設計！

自學法語文法
看完這本就會用！

從零基礎開始，搭配圖表、例句
重點式解說一看就懂的法語文法書

全MP3一次下載

http://booknews.com.tw/mp3/9786269724451.htm

此為ZIP壓縮檔，請先安裝解壓縮程式或APP，
iOS系統請升級至iOS13後再行下載，
此為大型檔案，建議使用WIFI連線下載，
以免占用流量，並確認連線狀況，以利下載順暢。

前　言

　　當時，我只在行李箱裡塞了一些衣物及隨身物品，並帶了法日、日法兩本字典，以及三本法文文法書（從初級到中級），就搭機前往法國。到達法國的戴高樂機場時，我會的法文就只有：

「un, deux, trois, Bonjour！」
（一、二、三，您好）

這四個單字而已。

　　在出發之前，我一心以為：「學語言，只要到了當地（法國）就會有辦法搞定的！」因此我完全沒做任何準備，就毅然決然地前往法國留學。若你問我，在完全沒學過法語的情況下，直接前往法國留學的好處是什麼，我想應該是…，一點好處也沒有。說實話，真的只是浪費時間和金錢而已。現在回想起來，這麼做真的是危險又很魯莽。當時法文能力等於零的我，當然就只能參加當地法國語言學校的初級課程，來和幾位日本人及外國人一起學習法文。經過這次的留學經驗，我大致有三個體悟：

★ 就算只是一個單字而已，如果發音不正確，對方就會聽不懂。
★ 只有透過例句，利用學到的知識融會貫通，法文文法才會比較容易理解，進而掌握各種文法的變化與規則。
★ 平時若不用法語與人交談，法語就會學不好。（這是我在留學過程中最欠缺的部分。）

本書是以自己的學習經歷為出發點，並用「要是有這樣的法文文法書那該有多好…」的初衷所撰寫的。在發音的部分，除了配合插圖進行解說之外，還規畫了完整的發音及朗讀練習。至於文法的部分，內容著重在一般常用的文法，範圍大概是從入門到中級以上的程度，為求發揮觸類旁通的效果，每項文法至少會一句以上、甚至更多的例句，供讀者參考。

我用心撰寫的這本書，對今後的法語學習者若能有任何的幫助，這將會是我最大的榮幸。

石川　佳奈惠

目　錄

文法用語相關的補充資訊，彙
整於「附錄」的章節中。

第 1 篇
字母與發音

Les lettres et les sons

01 字母

1.1 基本字母

01_1

　　法文和英文一樣都是使用 26 個字母，但這些字母在法文中，有半數以上的發音，和英文的發音並不相同，因此在學習時，請一定要唸出聲音來。

字母	音標	相似發音	字母	音標	相似發音
A a	[a]	啊	N n	[ɛn]	相當於英文 n
B b	[be]	ㄅㄟ	O o	[o]	相當於英文 o
C c	[se]	ㄙㄟ	P p	[pe]	ㄆㄟ
D d	[de]	ㄉㄟ	Q q	[ky]	ㄎㄩ
E e	[ə]	ㄜ	R r	[ɛr]	欸呵
F f	[ɛf]	相當於英文 f	S s	[ɛs]	相當於英文 s
G g	[ʒe]	相當於英文 j	T t	[te]	ㄊㄟ
H h	[aʃ]	阿許	U u	[y]	ㄩ
I i	[i]	一	V v	[ve]	相當於英文 ve
J j	[ʒi]	寄	W w	[dubləve]	都ㄅㄌve
K k	[ka]	喀	X x	[iks]	伊克斯
L l	[ɛl]	相當於英文 l	Y y	[igrɛk]	伊葛嘿克
M m	[ɛm]	相當於英文 m	Z z	[zɛd]	ㄖㄟˋ的

➡ 上述為字母的名稱，僅用於表示這些法文字母要如何稱呼，和構成單字時的發音並不相同。(請見 p.23)

01_2

先試著依序唸唸看下列的字母，接著再聆聽 MP3 裡法國人實際的唸法，最後再試著不看書聽寫這些字母。要特別注意「B, V」、「E, U」、「G, J」等字的發音。

（1）J G G K G J J

（2）U E U E E U E

（3）V B B V B V B

（4）H T A Y E D O

（5）E U T Q V N C

（6）M J T D B P G

（7）C T V D P B U

（8）G J X B V R N

（9）L J G S I G Q H

（10）Z E X D R M U

（11）J K N Q I U P

（12）U E C V A P N

（13）S E B D K C J

（14）N A G L Q D J

（15）R F L I O N W

（16）X J R I V B T

（17）V B S N L R O

（18）F Y C A P T L

（19）Q K G Z U H I

（20）U F I S C J G Y

1.3 書寫體

　　去到法國當地學習法文，一開始最讓我頭痛的，就是老師們在黑板上所寫的書寫體。法文字母的印刷體雖然和英文一模一樣，但書寫體（尤其是大寫）卻有許多不同，和英文有很大的差別，這個部分必須得花一些時間才能習慣。這裡要特別注意＜G、S、T＞這三個字母的寫法。此外，在法國不管是做筆記或是考試，基本上都要以原子筆書寫。考試時用鉛筆作答可是會被老師指正的。

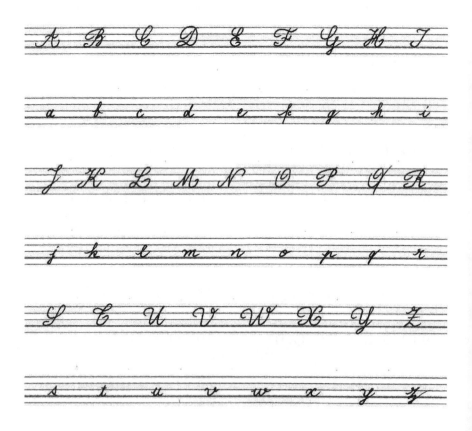

1.4 變音符號

「拼字」（英語為 Spell）就是單字的拼寫方式，也就是構成一個單字的字母排列方式，在法文中，有些單字的拼字裡會出現「變音符號」，若單字中出現變音符號，該單字的發音或語意大多會有所改變，因此要慢慢習慣這些變音符號才行。

變音符號		字母	實例	
´	accent aigu [aksɑ̃tegy] 閉口音符號	é	été [ete]	café [kafe]
`	accent grave [aksɑ̃ grav] 開口音符號	à è ù	là [la]	où [u]
^	accent circonflexe [aksɑ̃ sirkɔ̃flɛks] 長音符號	â ê î ô û	île [il]	gâteau [gɑto]
¨	tréma [trema] 分音符號	ë ï ü	Noël [nɔɛl]	naïf [naif]
¸	cédille [sedij] 軟音符號	ç	ça [sa]	garçon [garsɔ̃]
'	apostrophe [apɔstrɔf] 省略符號		l'école [lekɔl]	c'est ... [sɛ]
-	trait d'union [trɛ dynjɔ̃] 連字符號		grand-mére [grɑ̃mɛr]	après-midi [aprɛmidi]

➡ e 若加上變音符號，轉變為é、è、ê 或 ë 時，e [ə] 會轉為發 **[e]** 或 **[ɛ]** 的音。

➡ 大寫字母上的這些變音符號「´」「`」「^」有時會省略。

　　L'été → L'ETE　　　　L'école → L'ECOLE

➡ tréma（分音符）是將 2 個連在一起的母音分開來發音的符號。

➡ c [k] 一旦加上 cédille（軟音符號）變成 ç 就要改為發 [s] 的音。

➡ apostrophe（省略符號）是表示省略母音。（請見p.79）

➡ trait d'union（連字符號）相當於英文中的連字號。

1.5 標點符號

以下為書寫句子、文章時使用的標點符號。

	標點符號	
,	virgule [virgyl]	逗號
.	point [pwɛ̃]	句號
:	deux-points [døpwɛ̃]	冒號
;	point-virgule [pwɛ̃virgyl]	分號
…	points de suspension [pwɛ̃ də syspɑ̃sjɔ̃]	省略號
?	point d'interrogation [pwɛ̃ dɛ̃tɛrɔgasjɔ̃]	問號
!	point d'exclamation [pwɛ̃ dɛksklamasjɔ̃]	驚嘆號
( )	parenthèses [parɑ̃tɛz]	括號
《 》	guillemets [gijmɛ]	引號
——	tiret [tirɛ]	破折號

發音

下列為法文的「音標」，共有 12 個母音、4 個鼻母音、3 個半母音、17 個子音。

母音	[i] [e] [ɛ] [a] [ɑ] [o] [ɔ] [ø] [œ] [ə] [u] [y]	
鼻母音	[ɛ̃] [œ̃] [ɑ̃] [ɔ̃]	
半母音	[j] [w] [ɥ]	
子音	[t] [k] [p] [f] [s] [ʃ]	（無聲子音）
	[d] [g] [b] [v] [z] [ʒ] [l] [r] [m] [n] [ɲ]	（有聲子音）

在學習法文時，建議要先學會正確的發音方式（如唇形等），以及熟悉上表中音標的讀法。若以中文辭典作為比喻，這些音標就像是辭典中，用來標示中文字唸法的注音一樣。也就是說，當你使用法漢辭典查詢單字時，只要會讀〔音標〕，幾乎都能正確地讀出單字的發音。而這些〔音標〕與第 3 課的課程內容（從拼字判斷單字讀音的方法）同樣都具有一定程度的規則性，但現在請先由基本發音開始打好基礎，練習發音時請記得一定要唸出聲音。

一開始學法語時，對於這些發音的技巧（如唇形等）以及〔音標〕，並沒有很認真地學習，平常閱讀時多半是看拼字憑直覺辨認單字，因此若是遇到拼法極為相似的單字，總是無法分辨清楚兩個單字在發音上究竟差別為何。因此要請各位在這一課結束後，試著回頭閱讀字母的單元。這麼做除了能幫助你搞清楚像是「B 和 V」或「E 和 U」在發音上的差別，對之後第 3 課的學習，應該也會有很大的幫助。

不過有一點要特別注意，以前在學英文時，有些人會在筆記本上用注音標示英文單字的唸法，但在學法文發音時，請千萬不要用這種方式記憶範例中單字的讀音。因為這麼做很可能會在之後學習拼字時造成混淆，所以在學發音時，請儘量試著用邊聽 MP3、邊看、邊唸的方式辨別各個發音，並進行發音練習。

本書的發音練習都提供了〔相似發音〕供讀者參考，但利用〔相似發音〕模擬法語的發音仍是有所限制，許多發音上微妙的差別，是〔相似發音〕所無法模擬的。因此，請將書中提供的〔相似發音〕（尤其是 [r]，請見 p.22）當成方便各位記憶的一種方式。還是要請各位透過重覆聆聽本書隨附的 MP3 內容，確認正確的法文發音。

2.1 母音 | Les voyelles

02_1

　　所謂的母音，即由常見的字母 a、i、u、e、o 產生的發音。母音又分單母音與複合母音，下表中的 [i], [e], [ε], [a], [ɑ], [ɔ], [o], [u] 為單母音，而 [y], [ø], [ə], [œ] 為複合母音。

音標	發音的方式（嘴型）
[i]	發音近似於中文注音的「ㄧ」。嘴型拉成一直線，發出「ㄧ」的音。
[e]	發音近似於中文注音的「ㄟ」。嘴型拉成一直線，發出「ㄟ」的音。
[ε]	嘴型比 [e] 張得還要開，發音方式類似中文注音的「ㄝ」。
[a] [ɑ]	發音近似於英文的 [ɑ]、中文注音的「ㄚ」。[a] 的發音位置在口腔前方處，[ɑ] 則是在口腔較後方的位置。
[o]	發音近似於中文注音的「ㄛ」。發音時嘴唇呈小圓形並向前突出，發出類似「ㄛ」的音。

音標	發音的方式（嘴型）	
[ɔ]		發音近似於中文注音的「ㄛ」。發音時嘴唇要張得大一點，嘴型呈圓形發出類似「ㄛ」的音。
[ø]		以 [o] 的嘴型發出短短的類似輕聲的「ㄜ」音。
[œ]		以 [ɔ] 的嘴型發出類似「ㄜˋ」的音。
[ə]		發音近似於中文注音的「ㄜ」，嘴巴微開，比 [o] 的嘴唇稍大，輕輕地發出「ㄜ」的音。
[u]		嘴型微圓，發音近似於英文的 [u]、中文注音的「ㄨ」。
[y]		以 [u] 的嘴型，發出近似於中文注音的「ㄩ」的音。

2.2 鼻母音 | Les voyelles nasales

02_2

以下鼻母音 [ɛ̃]、[ɑ̃]、[œ̃]、[ɔ̃] 在發音時，氣流同時從鼻腔及口腔送出的母音。

音標	發音的方式（嘴型）	
[ɛ̃]		以 [ɛ] 的嘴型，讓氣流由鼻腔流出，發出近似於中文的「按」或「盎」的音。
[œ̃]		以 [œ] 的嘴型，讓氣流由鼻腔流出，發出近似於中文的「盎」的音
[ɑ̃]		相當於 [ɑ] 的嘴型，開口幅度再大一點且呈圓形，讓氣流由鼻腔流出，發音近似於中文注音的「ㄥ」。
[ɔ̃]		以 [o] 的嘴型，讓氣流由鼻腔流出，發出近似於中文「甕」的音

2.3 半母音 | Les semi-voyelles

02_3

在母音 [i]、[u]、[y] 的前後有其他的母音時，這幾個音會合在一起發音並轉化為子音，半母音是位於母音與子音中間的音。

音標	發音的方式（嘴型）	
[j]		[i] + [母音] 的半母音。
[w]		[u] + [母音] 的半母音。
[ɥ]		[y] + [母音] 的半母音。

所謂的子音，指是就是當發音時，氣流受到發音器官的阻礙（如閉鎖、窄化等）後，所發出來的聲音。

音標	發音的方式（嘴唇・牙齒・舌頭等發音器官的位置）	
[t]　[d]	發音時聲帶不振動，近似於英文的 [t]。	發音時聲帶要振動，近似於英文的 [d]。
[k]　[g]	發音時聲帶不振動，近似於英文的 [k]、中文的「ㄎ」。	發音時，聲帶振動，近似於英文的 [g]。
[p]　[b]	發音時聲帶不振動，發音類似英文的 [p] 和 [b] 之間的發音。	發音時聲帶振動，發音接近英文的 [b]。

音標		發音的方式（嘴唇・牙齒・舌頭等發音器官的位置）	
[f]	[v]	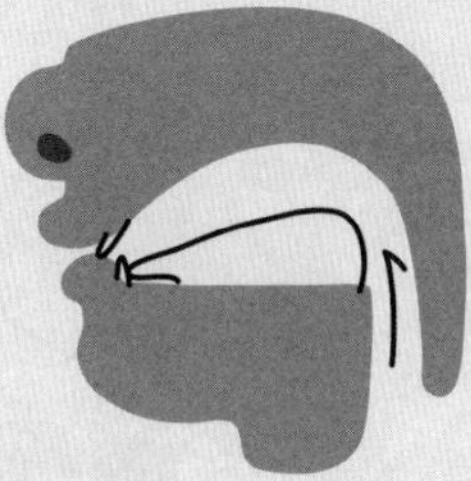 發音時上齒輕觸下唇內側，聲帶不振動，發音類似英文的 [f]。	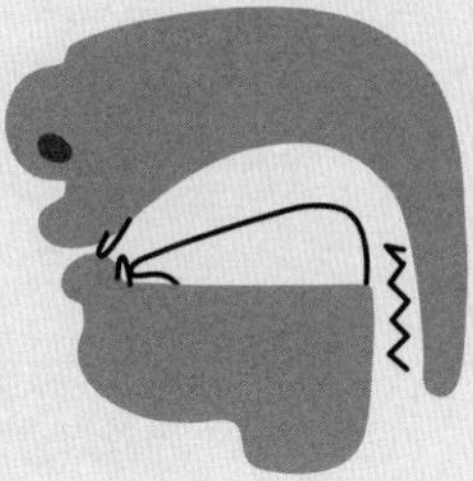 發音的方法同 [f] ，但聲帶要振動，發音類似英文的 [v]。

➡ 口腔圖中，無聲子音以直線箭頭（→）表示；有聲子音則以曲線（⩘⩘）的記號表示。

➡ [b]、[v] 是一般人很容易混淆的發音。請仔細看發音位置圖、聽 MP 3，進行發音練習。

音標		發音的方式（嘴唇・牙齒・舌頭等發音器官的位置）	
[s]	[z]	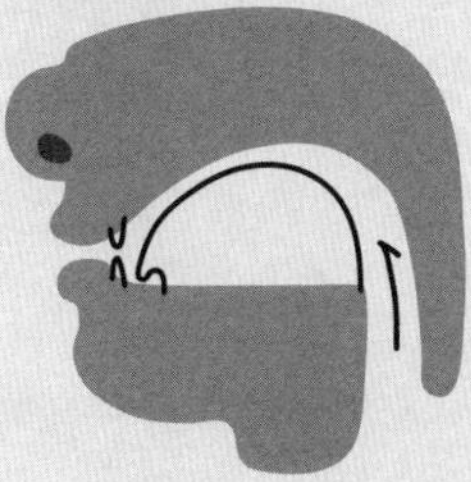 發音時聲帶不振動，類似英文的 [s]。	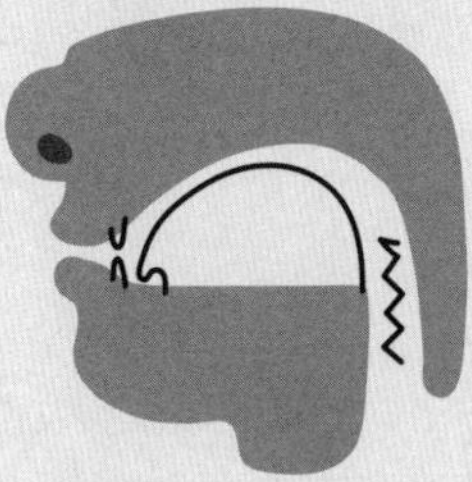 發音時聲帶振動，類似英文的 [z]。
[ʃ]	[ʒ]	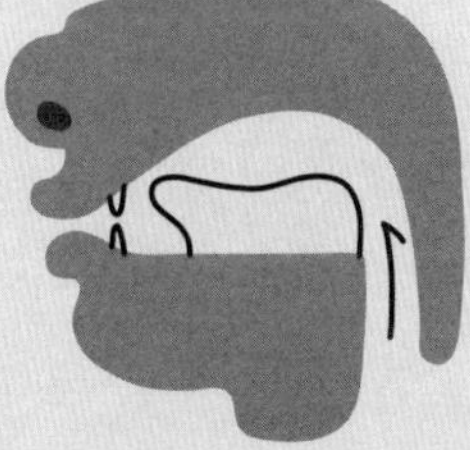 發音時嘴唇稍微噘起，聲帶不振動，發音類似英文 fish 的 sh [ʃ]。	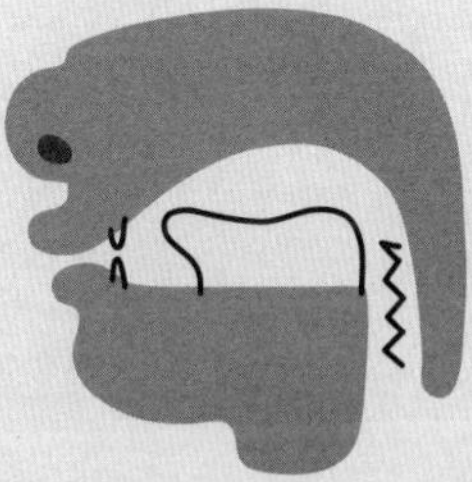 發音方法同 [ʃ]，但聲帶要振動，類似英文 television 中 s 的 [ʒ]。

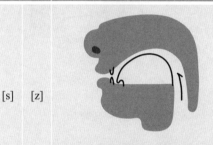

音標		發音的方式（嘴唇・牙齒・舌頭等發音器官的位置）
[l]	[r]	發音時舌尖輕觸上顎前方，發音近似於中文注音的「ㄌ」。 舌尖抵住下齒後方，舌根向上提，發出類似英文的 [h] 音。
[m]	[n]	發音近似於英文的 [m]。 發音近似於英文的 [n]。
[ɲ]		發音近似於中文注音拼讀的「ㄋㄧㄜ」。

03 拼字與發音

　　接下來要開始解釋拼字的唸法。之前在第 2 課就曾經提到過，法文的發音與拼字的讀法有一定的規則，因此一旦習慣之後，下次看到單字中的這些字母時就會知道要怎麼讀。這代表就算是第一次看到的單字，只要熟悉字母組成單字的發音規則，即可唸出該單字的讀音，即使沒有音標，某程度上也會知道這個單字的唸法。一開始你可能會覺得這麼做很麻煩，但其實只要像學英文或中文時所做的練習一樣，將拼字或是單字範例一起抄在筆記本上，邊寫邊記即可。

　　在翻到下一頁準備進行 3.1「拼字的發音規則」這個單元的學習時，可以直接先看 3.1 第 4 點的表格或 3.2 的表格，先試著看「音標」「拼音字母」以及「例子」中的內容。配合第 2 課學過的音標，一邊唸出單字的正確讀音，一邊在筆記本上拼寫個 10 次左右。接著請再配合 MP3 的正確唸法，在筆記本上拼寫個 10 次左右。這時就要一邊想著拼字、一邊寫，藉此漸漸地掌握發音規則。

　　許多人都是在讀到第 3 課時，開始遇到學習上的瓶頸，這時只要透過一邊朗讀、一邊拼寫的作法，就能暫時將國中、高中學過的英語發音丟在腦後。而且法文的音標讀法是出了名的難，這麼做才能讓你儘快地習慣法文。因此，請按步就班地持續做本書的練習。

> 　　每一組的單字拼字練習，都有提供相似發音供讀者參考，但利用相似發音模擬法語發音還是會有盲點，許多發音上微妙的差別，是相似發音所無法模擬的。因此，請將這些〔相似發音〕（尤其是 [r]，如 p.35）當成是協助各位記憶的一種方式。還是請各位重覆聆聽本書隨附的 MP3 內容，藉此學習正確的法文發音。

3.1 拼字的發音規則

首先，我們就來大致看一下字母拼成單字的發音基本要點。

1 拼字大致上可分為母音字母與子音字母。

請務必記清楚這些字母中的哪些是＜母音＞，哪些又是＜子音＞。否則後續的內容將會愈來愈難理解。

> 母音字母　a、i、y、u、e、o
> 子音字母　母音以外的 b、c、d、f、g、h、j、k... 等

2 母音字母＜e＞若出現在字尾時，通常不發音。

音標	拼音字母	例子		例子	
[不發音]	e	table [tabl]	桌子	madame [madam]	女士、夫人

3 子音字母出現在字尾原則上不發音。**但仍有一部分的子音字母即使位於字尾還是要發音。請查詢字典確認單字的音標，判斷該單字是屬於哪一種。**

音標	拼音字母	例子		例子	
[不發音]	d	nord [nɔr]	北方	grand [grɑ̃]	大的
	s	Paris [pari]	巴黎	vous [vu]	您；你們
	t	filet [filɛ]	網子	alphabet [alfabɛ]	字母
	p	sirop [siro]	糖漿	coup [ku]	打，打擊

4 子音字母＜c、f、l、r＞，若出現在字尾，大多要發音。但還是有例外，也就是不發音的情況。請查字典確認單字的音標，判斷該單字是屬於哪一種。

音標	拼音字母	例子		例子	
[k]	c	sec [sɛk]	乾燥的	lac [lak]	湖
[f]	f	canif [kanif]	小刀	chef [ʃɛf]	領導者
[l]	l	sel [sɛl]	鹽	avril [avril]	四月
[r]	r	mer [mɛr]	海洋	amour [amur]	愛

5 在法文中，子音字母＜h＞出現在單字字首或字中，通常不發音。但 h 分為＜啞音h＞和＜噓音†h＞。＜啞音h＞適用於連音及連誦 (p.79) 規則，而＜噓音†h＞不適用該發音規則。至於該單字中的 h 是屬於哪一類，請查字典看是否有有聲記號的＜†＞確認。

音標	拼音字母	例子		例子	
[不發音]	h	homme [ɔm]	人類	heure [œr]	時間
	†h	hibou [ibu]	貓頭鷹	hache [aʃ]	斧頭

3.2 母音字母

03_2

法文的單字中，無論是單母音（單一母音字母構成的母音）或複合母音（由 2 個或 2 個以上的母音字母構成的母音），發音上都是一個母音〔音標〕表示（分音符除外）。

音標	拼音字母	例子			
[i]	**i**	**ici** [isi]	這裡	**lit** [li]	床
	î	**île** [il]	島	**dîner** [dine]	晚餐
	ï	**naïf** [naif]	天真的	**haïr** [air]	恨
	y	**stylo** [stilo]	鋼筆，原子筆	**mystère** [mistɛr]	神祕、奧祕
[e]	**e*** 1	**les** [le]	那些（定冠詞複數形）	**pied** [pje]	腳
		nez [ne]	鼻子	**chanter** [ʃɑ̃te]	唱歌
	é	**bébé** [bebe]	嬰兒	**férié** [ferje]	休假的
[ɛ]	**e*** 2	**effet** [efɛ]	結果	**avec** [avɛk]	和～一起
		sel [sɛl]	鹽	**merci** [mɛrsi]	謝謝
	è	**père** [pɛr]	父親	**mère** [mɛr]	母親
	ê	**tête** [tɛt]	頭	**fête** [fɛt]	節日
	ë*	**Noël** [nɔɛl]	聖誕節	**canoë** [kanɔe]	獨木舟
	ei	**neige** [nɛʒ]	雪	**seize** [sɛz]	十六
	ai*	**craie** [krɛ]	粉筆	**gai** [gɛ]	愉快的
	aî	**naître** [nɛtr]	誕生	**chaîne** [ʃɛn]	鏈子
[a] [ɑ]	**a***	**ami** [ami]	朋友	**bas** [bɑ]	低的
	à	**là** [la]	那裡	**déjà** [deʒa]	已經
	â	**âme** [ɑm]	靈魂	**âge** [ɑʒ]	年齡

音標	拼音字母	例子		例子	
[o] [ɔ]	o*	omelette [ɔmlɛt]	歐姆蛋	rose [roz]	玫瑰花
	ô	côté [kɔte]	一側	tôt [to]	早
	au*	cause [koz]	原因	autobus [ɔtɔbys]	巴士
	eau	beau [bo]	美麗的	cadeau [kado]	禮物
[ø] [œ]	eu*	bleu [blø]	藍色的	seul [sœl]	獨自
	œu*	vœu [vø]	願望	bœuf [bœf]	牛肉
[ə]	e	menu [məny]	菜單	demain [d(ə)mɛ̃]	明天
[u]	ou	cou [ku]	頸部	soupe [sup]	湯
	où	où [u]	哪裡		
	oû	goût [gu]	味道	coûter [kute]	價值
[y]	u	lune [lyn]	月亮	tu [ty]	你
	û	sûr [syr]	明確的	dûment [dymã]	正式地

➡ 上表中，＊是表示就算是同一組字母，也會因為在單字中的位置不同，而有 2 種以上不一樣的發音。

1 ➡ e 若位於不發音的子音前，如-es（單音節）、-ed、-ez、-er，則發 [e] 的音。

➡ -er 有可能發 [e] 或 [ɛ] 的音。以-er 結尾的動詞或 2 個音節以上的單字通常發 [e] 的音，若出現在單音節的短單字，則發 [ɛ] 的音。（也有部分單字例外）

premier [prəmje]　　　aimer [eme]　　　（amer [amɛr]）

mer [mɛr]　　　fer [fɛr]

2 ➡ -e 若是出現下列的情況：-et、-e＋2 個子音、-e＋要發音的子音前，則發 [ɛ] 的音。

➡ 也有部分的單字例外。-e [e] [ɛ] [ə] 在部分單字中，會改發 [a] 的音。

femme [fam]　　　solennel [sɔlanɛl]　　　évidemment [evidamã]

➡ ai、a、au 等字，大多是發 [ɛ]、[a]、[o] 的音。

➡ 像 bœuf 這樣 o 與 e 黏在一起的字母，就稱為 œ composés [œ kɔ̃poze]

03_3

<母音字母＋n＞或<母音字母＋m＞所發的音為鼻母音。

音標	拼音字母	例子		例子	
[ɛ̃]	ain	pain [pɛ̃]	麵包	main [mɛ̃]	手
	aim	faim [fɛ̃]	飢餓	daim [dɛ̃]	麂皮
	ein	plein [plɛ̃]	裝滿的	teint [tɛ̃]	膚色，臉色
	eim	Reims [rɛ̃s]	漢斯（位於法國馬恩省的城市）		
	in	vin [vɛ̃]	葡萄酒	fin [fɛ̃]	結束
	im	simple [sɛ̃pl]	簡單的	timbre [tɛ̃br]	郵票
	yn	syndicat [sɛ̃dika]	工會	lynx [lɛ̃ks]	大山貓
	ym	sympa [sɛ̃pa]	友善、親切的	olympique [ɔlɛ̃pik]	奧運會的
[œ̃]	un	un [œ̃]	一	lundi [lœ̃di]	週一
	um	parfum [parfœ̃]	香水	humble [œ̃bl]	謙虛的

[ã]	an	**ange** [ãʒ]	天使	**sans** [sã]	沒有
	am	**lampe** [lãp]	電燈	**champ** [ʃã]	田
	en*	**encore** [ãkɔr]	還，仍	**encre** [ãkr]	墨水
	em	**temps** [tã]	時間	**membre** [mãbr]	成員
	aon	**Laon** [lã]	拉昂（埃納省省會）		
[ɔ̃]	on	**bon** [bɔ̃]	好的	**oncle** [ɔ̃kl]	伯父，叔叔
	om	**nom** [nɔ̃]	名字	**ombre** [ɔ̃br]	陰影

➡ ＜母音＋nn＞＜母音＋mm＞時，不會成為鼻母音。

    *inn*ocent [inɔsɑ̃]   *imm*ense [imãs]

➡ en [ã] 有時會發 [ɛ̃] 的音。

    exam*en* [ɛgzamɛ̃]   lycé*en* [liseɛ̃]

03_4

3.4 表示半母音的拼字

1 半母音出現在 ＜i、y、ou、u ＋ 母音字母＞的拼字組合。

音標	拼音字母	例子		例子	
[j]	**i** 或 **y** ＋ 母音字母	**pied** [pje]	腳	**yeux** [jø]	眼睛
[w]	**ou** ＋ 母音字母	**oui** [wi]	是的	**mouette** [mwɛt]	海鷗
[ɥ]	**u** ＋ 母音字母	**nuit** [nɥi]	夜晚	**buée** [bɥe]	水汽，水蒸氣

➡ oi、oî 的發音為 [wa]。

    m*oi* [mwa]   b*oî*te [bwat]

➡ oin 的發音為 [wɛ̃]。
　　l**oin** [lwɛ̃]　　m**oin**s [mwɛ̃]
➡ ien 的發音為 [jɛ̃] [jɑ̃]。
　　ch**ien** [ʃjɛ̃]　　sc**ien**ce [sjɑ̃s]

2 半母音出現在＜母音字母＋il、ill＞的拼字組合。

音標	拼音字母	例子		例子	
[aj] [ɑj]	ail*	b**ail** [baj]	租約	r**ail** [rɑj]	軌道
	aill*	méd**aill**e [medaj]	獎章	c**aill**e [kɑj]	鵪鶉
[ɛj]	eil	sol**eil** [sɔlɛj]	太陽	cons**eil** [kɔ̃sɛj]	建議
	eill	or**eill**e [ɔrɛj]	耳朵	vi**eill**e [vjɛj]	年老的
[œj]	euil	faut**euil** [fotœj]	扶手椅	s**euil** [sœj]	門檻
	euill	portef**euill**e [pɔrtəfœj]	皮夾		
	œil	**œil** [œj]	眼睛		
	œill	**œill**et [œjɛ]	康乃馨	**œill**ade [œjad]	眼色，秋波
	ueil	acc**ueil** [akœj]	（名詞） 接待	org**ueil** [ɔrgœj]	驕傲
	ueill	acc**ueill**ir [akœjir]	接待 （動詞）	c**ueill**ir [kœjir]	採摘

30 ●

音標	拼音字母		例子			
[uj]	ouil	fenouil [fənuj]	茴香			
	ouill	fouille [fuj]	搜查	citrouille [sitruj]	南瓜	

➡ <子音字母＋ill>的發音為 [ij]、[il]。
　fille [fij]
　mille [mil]

③ 半母音出現在<ay、ey、oy、uy＋母音字母>的拼字組合時。

音標	拼音字母		例子			
[ɛj] [ej]	ay* ＋母音字母	rayon [rɛjɔ̃]	光線	rayer [reje]	畫線， 劃傷	
	ey* ＋母音字母	asseyez-vous [asɛjevu]	您請坐			
[waj]	oy ＋母音字母	moyen [mwajɛ̃]	方法	voyage [vwajaʒ]	旅行	
[ɥij]	uy ＋母音字母	tuyau [tɥijo]	管子	appuyer [apɥije]	按壓	

➡ pays [pei]、paysage [peizaʒ] 等字，-ay 的發音為 [ei]。
➡ Raymand [rɛmɔ̃]、poney [pɔnɛ] 等字，-ey 的發音為 [ɛ]。

3.5 子音字母

03_5

子音和母音一樣，也有單子音、複合子音等，為了讓各位更容易瞭解，分類主要是依照「發音」為主。例如：

➢ 單子音：t　　　➢ 雙重子音：tt　　　➢ 複合子音：th

音標	拼音字母		例子			
[t]	t 1		**tabac** [taba]	香菸	**tigre** [tigr]	虎
	tt		**lettre** [lɛtr]	信件	**battre** [batr]	揍
	th		**thé** [te]	茶	**thon** [tɔ̃]	鮪魚
[d]	**d**		**danse** [dɑ̃s]	跳舞	**candide** [kɑ̃did]	天真無邪的
	dd		**addition** [adisjɔ̃]	帳單	**adduction** [adyksjɔ̃]	引流工程
	dh		**adhésion** [adezjɔ̃]	加入、參加（某種團體）		
[k]	**k**		**ski** [ski]	滑雪	**kaki** [kaki]	柿子
	qu＋母音字母		**quel** [kɛl]	哪一類的	**qui** [ki]	誰
	c +	a	**café** [kafe]	咖啡	**coca** [kɔka]	可樂
		o				
		u	**cube** [kyb]	立方體	**cri** [kri]	喊叫聲
		子音字母				
	cc +	a	**occase** [ɔkɑz]	機會	**accord** [akɔr]	同意
		o	**occuper** [ɔkype]	占領		
		u				

1 ➡ ti 發音通常為 [ti] [tj]，若為＜ti＋母音＞時有些會發 [si] [sj] 的音。

　tigre [tigr]　　　　　　　question [kɛstjɔ̃]
　na*ti*on [nasjɔ̃]　　　　　démocra*tie* [demɔkrasi]

32 ●

音標	拼音字母		例子		例子	
[g]	g +	a o u 子音字母	gare [gar]	車站	gomme [gɔm]	橡皮擦
			gustatif [gystatif]	味覺的	glace [glas]	冰
	gu +	e i y	langue [lɑ̃g]	舌頭	guêpe [gɛp]	黃蜂
			guide [gid]	導遊	Guy [gi]	（姓氏）
	gg		aggraver [agrave]	使惡化	agglomérer [aglɔmere]	使結塊
[ks]	cc +	e i	accent [aksɑ̃]	口音	succès [syksɛ]	成功
			accident [aksidɑ̃]	事故	occident [ɔksidɑ̃]	西方國家
	母音字 + X + 母音字		taxi [taksi]	計程車	fixer [fikse]	固定（動詞）
	ex + 子音字		excellent [ɛksɛlɑ̃]	優秀的	expliquer [ɛksplike]	說明（動詞）
[gz]	ex + 母音字		exemple [ɛgzɑ̃pl]	例子	exister [ɛgziste]	存在
[p]	p		page [paʒ]	頁	police [pɔlis]	警察
	pp		appel [apɛl]	呼喚	opposer [ɔpoze]	使對抗
[b]	b*₂		bijou [biʒu]	寶石	objet [ɔbʒe]	物品
	bb		abbaye [abei]	修道院	dribbler [drible]	運球
[f]	f		feu [fø]	火	neuf [nœf]	九
	ff		effort [efɔr]	努力	affiche [afiʃ]	海報
	ph		photo [fɔto]	照片	physique [fizik]	物理學

2 ➡ b [b] 若位於 s、t 之前，發音為 [p]。

absent [apsɑ̃]　　　　　obtenir [ɔptənir]

音標	拼音字母	例子		例子	
[v]	v	vie [vi]	生命	vent [vɑ̃]	風
[s]	s	salon [salɔ̃]	會客室	rester [rɛste]	停留
	母音字 + ss + 母音字	poisson [pwasɔ̃]	魚	message [mesaʒ]	留言
	sc + { e i	desceller [desele]	拆除	scénario [senarjo]	劇本
		science [sjɑ̃s]	科學	piscine [pisin]	游泳池
	c + { e i y	cela [səla]	這件事	célèbre [selɛbr]	有名的
		ciel [sjɛl]	天空	bicyclette [bisiklɛt]	自行車
	ç + { a o u	ça [sa]	那個	façon [fasɔ̃]	方法
		déçu [desy]	失望的		
	x （基數）	six [sis]	六	soixante [swasɑ̃t]	六十
[z]	母音字 + s* + 母音字	poison [pwazɔ̃]	毒物	maison [mɛzɔ̃]	房屋
	z	zéro [zero]	零	gaz [gɑz]	煤氣
	x （序數）	sixième [sizjɛm]	第六	dixième [dizjɛm]	第十
[sk]	sc + { a o u	escalier [ɛskalje]	樓梯	scolaire [skɔlɛr]	學校的
		masculin [maskylɛ̃]	男性的		
[ʃ]	ch	chambre [ʃɑ̃br]	房間	dimanche [dimɑ̃ʃ]	星期日
	sch	schéma [ʃema]	圖表	schiste [ʃist]	頁岩

音標	拼音字母	例子		例子	
[ʒ]	j	**jour** [ʒur]	日子	**juin** [ʒɥɛ̃]	六月
	g + { e i y	**genou** [ʒ(ə)nu]	膝蓋	**gène** [ʒɛn]	基因
		gifle [ʒifl]	耳光	**gym** [ʒim]	體操
	ge + { a o u	**geai** [ʒɛ]	松鴉 （鳥類）	**Georges** [ʒɔrʒ]	（人名）
		gageure [gaʒyr]	冒險的計畫或行為		
[l]	l	**lit** [li]	床	**fil** [fil]	線
	ll	**salle** [sal]	大廳	**aller** [ale]	去
[r]	r	**arbre** [arbr]	樹木	**rose** [roz]	玫瑰
	rr	**arrêt** [arɛ]	停止	**correct** [kɔrɛkt]	正確的
	rh	**rhabiller** [rabije]	重新穿衣服	**Rhône** [ron]	隆河
[m]	m	**mot** [mo]	單字	**maman** [mamã]	媽媽
	mm	**homme** [ɔm]	男性	**femme** [fam]	女性
[n]	n	**nous** [nu]	我們	**nage** [naʒ]	游泳
	nn	**année** [ane]	一年	**tennis** [tenis]	網球
[ɲ]	gn	**ligne** [liɲ]	界線	**ignorer** [iɲore]	不知道

➡ w 可能的發音有 [w] 及 [v]。

*w*eek-end [wikɛnd]　　　*w*agon [vagõ]

➡ 另外，k 及 w 正如同以下所列出的單字，多為外來語而非法文的原生詞彙。

*k*ilogramme [kilɔgram]　　*k*etchup [kɛtʃœp]

請透過這個練習，好好感受拼字方式相似的單字之間、發音上微妙的不同之處，並學會正確的發音。

1 母音字母

03_6_1

❶ [i]　[e]　[ε]

▶ dix	des	dès
[dis]	[de]	[dɛ]
▶ prix	pré	près
[pri]	[pre]	[prɛ]
▶ mie	mes	mai
[mi]	[me]	[mɛ]
▶ dormi	dormez	dormais[1]
[dɔrmi]	[dɔrme]	[dɔrmɛ]

---

❷ [ə]　[e]

▶ le	les
[lə]	[le]
▶ me	mes
[m(ə)]	[me]
▶ ce	ces
[s(ə)]	[se]
▶ de	des
[də]	[de]

❸ [a]　[ɑ]

▶ age	âge
[aʒ]	[ɑʒ]
▶ patte	pâte
[pat]	[pɑt]

---

❹ [o]　[ɔ]

▶ côte	cote
[kot]	[kɔt]
▶ vôtre	votre
[votr]	[vɔtr]
▶ saule	sol
[sol]	[sɔl]
▶ paume	pomme
[pom]	[pɔm]

❺ [ø]　[œ]

▶ jeûne	jeune
[ʒøn]	[ʒœn]
▶ peut	peuvent[2]
[pø]	[pœv]
▶ bœufs	bœuf[3]
[bø]	[bœf]

❻ [u]　[y]

▶ d**ou**x　　　　　d**u**

　[du]　　　　　　[dy]

▶ t**ou**t　　　　　t**u**

　[tu]　　　　　　[ty]

▶ c**ou**rs　　　　 c**u**re

　[kur]　　　　　 [kyr]

▶ dess**ou**s　　　 dess**u**s

　[d(ə)su]　　　　[d(ə)sy]

❼ [u]　　[œ]

▶ c**ou**r　　　　　c**œu**r

　[kur]　　　　　 [kœr]

▶ s**ou**rd　　　　 s**œu**r

　[sur]　　　　　 [sœr]

▶ p**ou**r　　　　　p**eu**r

　[pur]　　　　　 [pœr]

▶ b**ou**rre　　　　b**eu**rre

　[bur]　　　　　 [bœr]

---

❽ [u]　　[ø]

▶ f**ou**　　　　　 f**eu**

　[fu]　　　　　　[fø]

▶ j**ou**e　　　　　j**eu**

　[ʒu]　　　　　　[ʒø]

▶ d**ou**x　　　　　d**eu**x

　[du]　　　　　　[dø]

▶ d**ou**zième　　　d**eu**xième

　[duzjɛm]　　　 [døzjɛm]

1 ➡ 由左至右分別為動詞 dormir 的過去分詞、直陳式現在第二人稱複數、直陳式未完成過去時的發音。

2 ➡ 由左至右分別為動詞 pouvoir 的直陳式現在時第三人稱單數、第三人稱複數的發音。

3 ➡ 分別為名詞 bœuf 的複數形及單數形的發音。

2 表示鼻母音的拼音字母

03_6_2

❶ [ɛ̃]　　[œ̃]

▶ br**in**　　　　　br**un**

　[brɛ̃]　　　　　[brœ̃]

❷ [ɑ̃]　　[ɔ̃]

▶ b**an**　　　　　b**on**

　[bɑ̃]　　　　　 [bɔ̃]

▶ bl**anc**　　　　 bl**ond**

　[blɑ̃]　　　　　[blɔ̃]

▶ m**an**te　　　　m**on**te

　[mɑ̃t]　　　　　[mɔ̃t]

▶ tr**em**pe　　　　tr**om**pe

　[trɑ̃p]　　　　 [trɔ̃p]

❸ [ɛ̃] [ɑ̃]

▶ cinq[1]   cent

[sɛ̃]   [sɑ̃]

▶ bain   ban

[bɛ̃]   [bɑ̃]

▶ éteindre   étendre

[etɛ̃dr]   [etɑ̃dr]

▶ importer   emporter

[ɛ̃pɔrte]   [ɑ̃pɔrte]

---

❹ [ɛ̃] [ɑ̃] [ɔ̃]

▶ lin   lent   long

[lɛ̃]   [lɑ̃]   [lɔ̃]

▶ tain   tant   ton

[tɛ̃]   [tɑ̃]   [tɔ̃]

▶ rein   rang   rond

[rɛ̃]   [rɑ̃]   [rɔ̃]

▶ thym   temps   thon

[tɛ̃]   [tɑ̃]   [tɔ̃]

▶ peindre   pendre   pondre

[pɛ̃dr]   [pɑ̃dr]   [pɔ̃dr]

[1] ➡ 數字 cinq [sɛ̃k]，若接續以子音字母（或噓音 h）開頭的單字，發音為 [sɛ̃]。

---

❺ [ɔ̃] [ɛ̃] [ɑ̃]

▶ son   sein   sang
　 [sɔ̃]   [sɛ̃]   [sɑ̃]
▶ pont   pain   pan
　 [pɔ̃]   [pɛ̃]   [pɑ̃]
▶ vont[2]   vin   vent
　 [vɔ̃]   [vɛ̃]   [vɑ̃]
▶ front   frein   franc
　 [frɔ̃]   [frɛ̃]   [frɑ̃]
▶ tondre   teindre   tendre
　 [tɔ̃dr]   [tɛ̃dr]   [tɑ̃dr]

2 ➡ 此為動詞 aller 的直陳式現在時（第三人稱複數）的發音。

3 表示半母音的拼音字母

03_6_3

❶ [j]

▶ avez   aviez
　 [ave]   [avje]
▶ voulez   vouliez
　 [vule]   [vulje]
▶ allons   allions
　 [alɔ̃]   [aljɔ̃]
▶ cherchons cherchions
　 [ʃɛrʃɔ̃]   [ʃɛrʃjɔ̃]

❷ [w] [ɥ]

▶ fouir   fuir
　 [fwir]   [fɥir]
▶ Louis   lui
　 [lwi]   [lɥi]
▶ noué   nuée
　 [nwe]   [nɥe]
▶ mouette   muette
　 [mwɛt]   [mɥɛt]

➡ [j] 欄所舉的單字皆為動詞，分別為 avoir、vouloir、aller、chercher 的直陳式現在時
　 （左列）、直陳式未完成過去時（右列）的發音。

4 子音字母

03_6_4

❶ [t] [d]

▶ tes   des
　 [te]   [de]
▶ toux   doux
　 [tu]   [du]
▶ tard   dard
　 [tar]   [dar]

❷ [k] [g]

▶ qui   Guy
　 [ki]   [gi]
▶ câble   gâble
　 [kɑbl]   [gɑbl]
▶ crosse   grosse
　 [krɔs]   [gros]

❸ [p] [b]

▶ pot
[po]

bot
[bo]

▶ pal
[pal]

bal
[bal]

▶ pain
[pɛ̃]

bain
[bɛ̃]

❹ [f] [v]

▶ fou
[fu]

vous
[vu]

▶ faim
[fɛ̃]

vain
[vɛ̃]

▶ naïf
[naif]

naïve
[naiv]

❺ [b] [v]

▶ bis
[bis]

vis
[vis]

▶ beau
[bo]

veau
[vo]

▶ libre
[libr]

livre
[livr]

❻ [s] [z]

▶ sou
[su]

zou
[zu]

▶ douce
[dus]

douze
[duz]

▶ poisson
[pwasɔ̃]

poison
[pwazɔ̃]

❼ [ʃ] [ʒ]

▶ cache
[kaʃ]

cage
[kaʒ]

▶ chou
[ʃu]

joue
[ʒu]

▶ chai
[ʃɛ]

geai
[ʒɛ]

❽ [l] [r]

▶ val
[val]

Var
[var]

▶ lit
[li]

riz
[ri]

▶ long
[lɔ̃]

rond
[rɔ̃]

❾ [m] [n] [ɲ]

▶ âme
[ɑm]

âne
[ɑn]

agneau
[aɲo]

▶ sommet
[sɔmɛ]

bonnet
[bɔnɛ]

poignet
[pwaɲɛ]

▶ sème
[sɛm]

saine
[sɛn]

seigneur
[sɛɲœr]

04 音節的介紹與發音朗讀練習

4.1 如何拆音節

　　本課的目的，旨在教導各位正確的法文發音方式，並進行朗讀練習。若能學會如何正確地分割音節，將有助於學習法文單字，因此我們就來看看主要的音節分割規則。

　　音節，是以母音為中心搭配前後子音所組成的發音單位，每組音節中必定包括一個母音。

1 ＜子音字母＋單母音字母・複合母音字母＞為 1 個音節。

samedi	→ **sa/me/di**	leçon	→ **le/çon**
caméra	→ **ca/mé/ra**	maison	→ **mai/son**
bateau	→ **ba/teau**	agiter	→ **a/gi/ter**

2 單字中若出現＜子音字母＋子音字母＞，則在此兩子音字母之間分割。

terre	→ **ter/re**	poste	→ **pos/te**
semelle	→ **se/mel/le**	imparfait	→ **im/par/fait**

3 單字中若出現＜子音字母＋子音字母＞的情況，但這兩個子音字母是＜複合子音，如 rh、ph、ch 等＞，或者是＜除了 l、r、n 以外的子音字母＋l、r、n＞的搭配，則不需在此兩個子音字母之間分割。

vignoble	→ **vi/gno/ble**	titre	→ **ti/tre**
chapelet	→ **cha/pe/let**	flacon	→ **fla/con**

拆音節時，子音字母若位於字尾，如<子音字母＋母音字母＋子音字母>，此組合要視為 1 個音節。

finir（結束）→ fi/nir　　exprès（快遞）→ ex/près

4.2 字母發音與單字朗讀練習

　　雖然是練習，但請別把它想得太困難。就像是英文有自然發音的練習，中文有注音的「ㄅ、ㄆ、ㄇ、ㄈ」、「ㄉ、ㄊ、ㄋ、ㄌ」、「ㄍ、ㄎ、ㄏ」、「一、ㄨ、ㄩ」、「ㄢ、ㄣ、ㄤ、ㄥ」的發音練習，先由音節的發音練習（前半段，如右頁的 ❶）開始，接著再進行單字的朗讀練習（後半段，如右頁的 ❷）。

　　前半段發音練習的部分，請各位配合 MP3 中的法文發音，反覆地進行練習，完成後再進行後半段的單字朗讀練習。至於後半段的練習部分，為求讓各位在練習時，能學會直接從拼音字母來判斷其發音，故並未附上各單字的〔音標〕。大部分都是沒見過的單字，請一邊在腦中，將這些單字拆成一個個音節，一邊進行單字朗讀練習。文法篇的 29 課之後，除了動詞變化或必要的例句之外，其餘都不會再另外附上〔音標〕。因此在這個單元，請好好培養**直接看單字的拼字就能判斷正確發音**的能力。

1

❶ 請一邊聽 MP3 裡法國人標準的發音，一邊跟著唸。

（第 1 次 由左至右；第 2 次 由上至下）

04_2_01

é	e	ê	e	è	e	é	è
e	u	y	i	u	i	e	u	y
a	o	i	y	e	u	a	è	o
y	u	e	o	i	ê	u	a	u
i	a	u	e	é	o	y	u	i

❷ 單字的朗讀練習。（由上至下）

04_2_02

papa	爸爸	nylon	尼龍	cerise	櫻桃
ami	朋友	système	體系	clé	鑰匙
bâton	棍、棒	python	巨蟒	éléphant	大象
idée	概念、想法	pyramide	金字塔	élève	學生
midi	中午	tube	水管	fôret	森林
hibou	貓頭鷹	sujet	主題	fenêtre	窗戶
maïs	玉米	bûche	木柴	rivière	河川
égoïste	自私的	petit	小的	frère	兄弟
héroïque	英勇的	demi	一半的	domino	骨牌
type	類型	tenue	服裝	olive	橄欖

2

❶ 請一邊聽 MP3 裡法國人標準的發音，一邊跟著唸。

04_2_03

（第 1 次 由左至右；第 2 次 由上至下）

ra	ré	rè	rê	re
ry	ro	re	ru	ri
rha	rho	rhé	rhu	rhi
ar	or	ur	ir	er [ɛr]

❷ 單字的朗讀練習。（由上至下）

04_2_04

rat	老鼠	ruche	蜂巢	arme	武器
radis	櫻桃蘿蔔	rhume	感冒	carton	紙箱
râpe	刨絲器	régime	體制，制度	marché	市場
rôti	烤肉	réaction	反應	ordre	順序，命令
robe	洋裝	récépissé	收據	porte	門
roche	岩石	rêve	夢	urbain	都市的
repas	一（餐）	crème	奶油、乳脂	urgence	緊急
repos	休息	riz	米飯	sortir	外出
regard	目光	rire	笑	offrir	贈送
rue	街道	rythme	節奏	mer	海洋
ruban	緞帶	Rhin	萊茵河	vernis	漆

3

❶ 請一邊聽 MP3 裡法國人標準的發音，一邊跟著唸。

（第 1 次 由左至右；第 2 次 由上至下）

04_2_05

lo	lé	lê	lè	ly
la	lu	le	li	lu
al	ol	el	ul	il

❷ 單字的朗讀練習。（由上至下）

04_2_06

lapin	兔子	lycée	高中	volcan	火山
larme	眼淚	lune	月亮	récolte	收穫
place	廣場	lumière	光線	bocal	廣口瓶
loto	彩券	volume	體積	cheval	馬
local	當地的	léger	輕的	utile	有用的
pilote	飛行員	lèvre	嘴唇	ultra	極端的
lire	閱讀（動詞）	lecture	閱讀	calcul	計算
lilas	丁香、淡紫色	légume	蔬菜	label	標籤
lys	百合花	tellement	如此地	miel	蜂蜜
lyre	豎琴	bol	碗	tunnel	隧道

4

❶ 請一邊聽 MP3 裡法國人標準的發音，一邊跟著唸。

（第 1 次 由左至右；第 2 次 由上至下）

04_2_07

ma	mi	me	mé	mo	mu
mar	mir	mer	mè	mor	mur
mal	mil	mel	mê	mol	mul

❷ 單字的朗讀練習。（由上至下）

04_2_08

mot	字、詞	minute	分（鐘）	mordant	尖酸刻薄的
mode	流行	muet	無聲的	morceau	（一）片
melon	哈密瓜	muguet	鈴蘭	dormir	睡覺
pomme	蘋果	mer	海洋	animal	動物
arme	武器	merle	烏鶇	mille	（一）千
même	相同的	mare	池沼	mulot	田鼠
numéro	號碼	marge	空白處	mule	母騾
maman	媽媽	mur	牆壁	môle	翻車魚
macaron	馬卡龍	mûre	桑椹	mollet	小腿

❶ 請一邊聽 MP3 裡法國人標準的發音，一邊跟著唸。

（第 1 次 由左至右；第 2 次 由上至下）

04_2_09

no	ne	nu	ni	na	né
nor	ner	nur	nir	nar	nê
nol	nel	nul	nil	nal	nè

❷ 單字的朗讀練習。（由上至下）

04_2_10

nid	巢、窩	note	筆記	punir	懲罰
Nice	尼斯（地名）	novice	不熟練的	venir	來
niveau	水準	nèfle	枇杷	nard	甘松香
nage	游泳（名詞）	néfaste	有害的	narguer	蔑視
ananas	鳳梨	matinée	上午	nerveux	神經質的
âne	驢子	menu	菜單	nul	沒有的
épine	（植物的）棘	nuage	雲	banal	平凡的
prune	李子	nord	北方	chenil	狗窩
banane	香蕉	normal	正常的		

❶ 請一邊聽 MP3 裡法國人標準的發音，一邊跟著唸。

（第 1 次 由左至右；第 2 次 由上至下）

04_2_11

po	pu	pe	pi	pa
pol	pul	pel	pil	pal
por	pur	per	pir	par
plo	plu	plé	pli	pla
pro	pru	prê	pri	pra

❷ 單字的朗讀練習。（由上至下）

04_2_12

pot	壺、罐	pire	更惡劣的	plomb	鉛
puce	跳蚤	porc	豬肉	plume	羽毛
pipe	煙斗、管子	port	港口	parapluie	雨傘
parade	炫耀	pur	純粹的	prier	祈禱
pâle	蒼白的	purge	瀉藥	prix	價格
pile	乾電池	percé	穿孔的	pré	牧場
pôle	極地	perche	竿子	pratique	實際的
pull	毛衣	départ	出發	praline	杏仁糖
pulpe	果肉	plier	折	prudence	謹慎
pelle	鏟子	plage	海灘	pruneau	李子乾
chapelle	小教堂	placard	櫥櫃	problème	問題

7

❶ 請一邊聽 MP3 裡法國人標準的發音，一邊跟著唸。

（第 1 次 由左至右；第 2 次 由上至下）

04_2_13

ba	bu	bo	be	bi
bal	bul	bol	bel	bil
bar	bur	bor	ber	bir
bla	blu	blo	blé	bli
bra	bru	bro	brè	bri

❷ 單字的朗讀練習。（由上至下）

04_2_14

but	目標	Belgique	比利時	agréable	愉快的
buée	水氣	birbe	老傢伙（口）	bras	上臂
botte	長靴	barbe	鬍子	brasse	蛙式
bobine	卷軸	barque	小船	bruit	噪音
biberon	奶瓶	berceau	搖籃	brume	霾、薄霧
cabine	船艙	bordure	邊緣	bref	短暫的
cabane	小屋	éburné	如象牙般的	brebis	母羊
baleine	鯨魚	bloc	一整塊	bronze	青銅
bal	舞會	bluter	過篩	broche	烤肉用鐵扦
bulle	氣泡	blague	玩笑	abri	避難所
mobile	可移動的	établi	穩固的	bricolage	自己動手做

8

❶ 請一邊聽 MP3 裡法國人標準的發音，一邊跟著唸。

（第 1 次 由左至右；第 2 次 由上至下）

04_2_15

ti	tu	te	to	ta
thi	thu	thé	tho	tha
til	tul	tel	tol	tal
tir	tur	ter	tor	tar
tri	tru	tre	tro	tra

❷ 單字的朗讀練習。（由上至下）

04_2_16

tenir	握	thé	茶	culture	文化
timide	羞怯的	théâtre	戲劇	mentir	說謊
tapis	地毯	Thaïlande	泰國	sentir	感覺
tube	水管	tard	晚、遲	truc	訣竅
tulipe	鬱金香	tarte	水果餡餅	truite	鱒魚
tomate	蕃茄	tortue	烏龜	truffe	松露
total	整體的	torche	火把	triste	悲傷的
subtil	敏銳的	tergal	滌格爾（法國製聚酯纖維）	ministre	部長
tôle	鐵皮	terminer	結束	trop	過度地
tulle	紗布（織品）	turbot	大菱鮃	trace	足跡

9

❶ 請一邊聽 MP3 裡法國人標準的發音，一邊跟著唸。

（第 1 次 由左至右；第 2 次 由上至下）

04_2_17

da	do	du	di	de	dé
dal	dol	dul	dil	del	dè
dar	dor	dur	dir	der	dy
dra	dro	dri	dru	dre	dré

❷ 單字的朗讀練習。（由上至下）

04_2_18

duo	二重唱	adulte	成人	ordure	垃圾
dune	沙丘	dalle	石板	dard	（動物的）螫針
date	日期	idole	偶像	darne	魚片
datte	椰棗	modèle	典範	dru	茂密的
dos	背部	crocodile	鱷魚	drap	床單
dommage	損失，可惜	dernier	最後的	dragon	龍
salade	沙拉	dorloter	寵愛	drôle	奇特的
malade	生病	grandir	成長	drille	鑽頭
mardi	星期二	dire	說	foudre	雷電
disque	唱片	dur	堅硬的	attendre	等候

❶ 請一邊聽 MP3 裡法國人標準的發音，一邊跟著唸。

（第 1 次 由左至右；第 2 次 由上至下）

04_2_19

fo	fe	fi	fa	fu	pha
for	fer	fir	far	fur	pho
fol	fel	fil	fal	ful	phe
fro	fre	fri	fra	fru	phi
flo	fle	fli	fla	flu	phé

❷ 單字的朗讀練習。（由上至下）

04_2_20

féliciter	祝賀	forme	形狀	flûte	長笛
fête	節日	furtif	悄悄的	fleuve	河川
fumée	煙	file	直列	falaise	懸崖
farine	麵粉	fulgurant	閃光的	flocon	片狀
affaire	事務	fragile	易碎的	siphon	虹吸管
fenil	乾草房	fredonner	哼（歌曲）	Sophie	（人名）
folie	瘋狂	frigo	冰箱	graphe	圖形
ferme	農莊	frites	炸薯條	phénix	鳳凰
firme	商號	fruit	水果	phare	燈塔
fardeau	重擔	fromage	乳酪	pharmacie	藥房

11

❶ 請一邊聽 MP3 裡法國人標準的發音，一邊跟著唸。

（第 1 次 由左至右；第 2 次 由上至下）

04_2_21

va	vi	ve	vo	vu
val	vil	vel	vol	vul
var	vir	ver	vor	vur
vra	vri	vre	vro	vru

❷ 單字的朗讀練習。（由上至下）

04_2_22

vue	視覺	vilain	難看的	navire	船舶
vélo	自行車	velcro	魔鬼氈	avare	吝嗇的
cuve	桶子	svelte	苗條的	vareuse	寬鬆上衣
vedette	明星	voltige	空中飛人	vrai	真的
vipère	蝰蛇，狠毒的人	aval	擔保	ouvrage	作品
avion	飛機	valeur	價值	livre	書
avocat	律師	vulgaire	粗俗的	vivre	活著
vocation	天職	verre	玻璃	vroum	隆隆聲
motivation	動機	verbe	動詞	ivrogne	酒醉的
ville	都市	virgule	逗點	couvrir	覆蓋

❶ 請一邊聽 MP3 裡法國人標準的發音，一邊跟著唸。

（第 1 次 由左至右；第 2 次 由上至下）

04_2_23

ca	cu	co		que	ko
cal	cul	col		qué	ke
car	cur	cor		qua	ké
cla	clu	clo	cle	qui	ka
cra	cru	cro	cri	quo	ki

❷ 單字的朗讀練習。（由上至下）

04_2_24

cave	地下室	calme	安靜的	cloche	鐘
carotte	胡蘿蔔	culbute	翻筋斗	inclus	包含在內的
cube	立方體	cri	喊叫	conclure	締結，商定
écume	泡沫	cristal	水晶	coque	果殼
copain	朋友	cru	未煮熟的	coquelicot	虞美人（花名）
cocorico	雞鳴聲	éclat	碎片	boutique	商店
cure	治療	crabe	蟹	qualité	品質
curry	咖哩	crête	雞冠	quotidien	每天的
carte	卡片	cravate	領帶	kaki	柿子
corbeau	烏鴉	croquette	炸丸子	ski	滑雪
colle	漿糊	boucle	扣具	koala	無尾熊

❶ 請一邊聽 MP3 裡法國人標準的發音，一邊跟著唸。

（第 1 次 由左至右；第 2 次 由上至下）

04_2_25

cho	che	chu	cha	chi	ché
chor	cher	chur	char	chir	chê
chol	chel	chul	chal	chil	chè
sché	schè	schu	scha	schi	

❷ 單字的朗讀練習。（由上至下）

04_2_26

fichu	頭巾	chocolat	巧克力	vache	母牛
chic	優美的	chômage	失業	schiste	片岩
Chine	中國	chêne	橡樹	schème	圖表
Chili	智利	chèvre	山羊	châle	披肩
chiffon	抹布	chèque	支票	chaleur	高溫，炎熱
chat	貓	chemise	襯衫	chéri	心愛的
château	城堡	cheminée	壁爐	charbon	炭
chute	跌落	pêche	桃子	chirurgien	外科醫生
parachute	降落傘	poche	口袋	réfléchir	思索
chose	物品	niche	狗屋	chercher	尋找

❶ 請一邊聽 MP3 裡法國人標準的發音，一邊跟著唸。

（第 1 次 由左至右；第 2 次 由上至下）

04_2_27

ga	go	gu		gue
gar	gor	gur		gué
gal	gol	gul		guê
gra	gro	gru	gri	gui
gla	glo	glu	gli	guy

❷ 單字的朗讀練習。（由上至下）

04_2_28

gamin	孩童	grume	樹皮	glace	冰
gobelet	無腳杯	gros	粗的	gland	橡果
gomme	橡皮擦	grotte	洞穴	global	全部的
gare	車站	gril	烤架	gluant	黏的
gorge	喉嚨	grippe	感冒	glucide	碳水化合物
figure	相貌	grade	等級	vague	波浪
égal	相等的	gravure	版畫	bague	戒指
golfe	海灣	règle	規則	guêpe	黃蜂
tigre	虎	ongle	指甲	gueule	（食肉動物、魚的）嘴
grue	鶴	église	教會	guitare	吉他

❶ 請一邊聽 MP3 裡法國人標準的發音，一邊跟著唸。

（第 1 次 由左至右；第 2 次 由上至下）

04_2_29

ja	ju	jo	ji	je
jal	jul	jol	jil	jel
jar	jur	jor	jir	jer
gy	gé	gi	gê	ge
gea	geu	geo		

❷ 單字的朗讀練習。（由上至下）

04_2_30

jupe	裙子	page	頁	gypse	石膏
judo	柔道	cage	鳥籠	gager	擔保
jour	日子	cirage	打蠟	gémir	呻吟
joue	臉頰	orage	暴風雨	genêt	金雀花
jars	公雞	image	畫像	gelure	凍傷
jardin	庭院	rougir	臉紅	geai	松鴉
Japon	日本	bougie	蠟燭	cageot	木條箱
joli	漂亮的	gigot	羊腿肉	pigeon	鴿子
julep	糖漿	girafe	長頸鹿	gageure	難題
jaloux	眼紅的	gyrophare	警示燈	nageoire	魚鰭

❶ 請一邊聽 MP3 裡法國人標準的發音，一邊跟著唸。

（第 1 次 由左至右；第 2 次 由上至下）

04_2_31

to	ro	bo	mo
pau	gau	fau	jau
seau	peau	veau	beau
clau	flo	pleau	glau
treau	prau	dro	vreau

❷ 單字的朗讀練習。（由上至下）

04_2_32

tôt	早，迅速	eau	水	taupe	鼴鼠
moto	機車	bateau	船	saule	柳樹
rôti	烤肉	poteau	柱子	faute	錯誤
hôtel	飯店	tableau	畫	gauche	左邊的
hôpital	醫院	rouleau	卷狀物	épaule	肩部
robot	機器人	chapeau	帽子	taureau	公牛
poète	詩人	chameau	駱駝	crapaud	蟾蜍
horaire	時間表	drapeau	旗幟	automne	秋天
logement	住宅	pruneau	李子乾	autruche	駝鳥

17

❶ 請一邊聽 MP3 裡法國人標準的發音，一邊跟著唸。

（第 1 次 由左至右；第 2 次 由上至下）

04_2_33

coi	choi	goi	foi	noi
doi	voi	boi	poi	joi
ploi	floi	bloi	cloi	quoi
groi	croi	proi	broi	troi

❷ 單字的朗讀練習。（由上至下）

04_2_34

loi	法律	voile	面紗	poitrine	胸膛
roi	國王	voiture	車輛	poireau	韭蔥
oie	鵝	pivoine	牡丹	armoire	衣櫥
joie	喜悅	couloir	走廊	mémoire	記憶
foire	市集	boire	喝	choisir	選擇
noix	核桃	bois	木材	mouchoir	手帕
trois	三	boîte	箱子	doigt	指頭
toile	布	étoile	星星	droit	權利
toiture	屋簷	poids	重量	croix	十字架
voix	聲音	poire	西洋梨	coiffure	髮型

❶ 請一邊聽 MP3 裡法國人標準的發音，一邊跟著唸。

（第 1 次 由左至右；第 2 次 由上至下）

04_2_35

dou	gou	pou	nou	sou	jou
fou	bou	vou	rou	lou	kou
chou	flou	plou	blou	clou	trou
pour	crou	prou	frou	trou	frou

❷ 單字的朗讀練習。（由上至下）

04_2_36

vous	你	trou	洞	louer	租借
joue	臉頰	route	道路	cour	庭院、天井
pouce	姆指	tour	塔	coude	手肘
poupée	洋娃娃	toupie	陀螺	course	跑步
douche	淋浴	bouche	口	clou	釘子
moule	（糕點的）模子	bourse	獎學金	chou	高麗菜
mouche	蒼蠅	blouse	工作服	groupe	團體
bijou	珠寶	tambour	鼓	gourde	水壺
four	烤箱	loup	狼	souci	擔心
fourmi	螞蟻	loupe	放大鏡	soucoupe	茶碟

19

❶ 請一邊聽 MP3 裡法國人標準的發音，一邊跟著唸。

（第 1 次 由左至右；第 2 次 由上至下）

04_2_37

ton	lon	ron	nom	fon
mon	don	pom	von	bon
blon	jon	gron	son	tron
con	glon	pron	plom	bron

❷ 單字的朗讀練習。 （由上至下）

04_2_38

pont	橋	jupon	襯裙	blond	金髮的
coton	綿	nom	姓氏	plongée	潛水
violon	小提琴	prénom	名字	ongle	指甲
pompe	幫浦	canon	大砲	savon	肥皂
pompon	毛球	rond	圓的	sombre	陰暗的
bouton	鈕扣	héron	蒼鷺	sondage	民意調查
ballon	氣球	front	額頭、前額	mouton	羊
concours	比賽	tronc	樹幹、軀幹	bonbon	糖果
confiture	果醬	gronder	（對孩子）訓斥、責罵	bouchon	瓶塞
concombre	黃瓜	bronche	支氣管	capuchon	頭巾

❶ 請一邊聽 MP3 裡法國人標準的發音，一邊跟著唸。

（第 1 次 由左至右；第 2 次 由上至下）

04_2_39

meu	seu	peu	veu
reu	treu	creu	dreu
gleu	bleu	pleu	fleu
cœu	bœu	leur	peur

❷ 單字的朗讀練習。（由上至下）

04_2_40

jeu	遊戲	demeure	住宅	sœur	姊妹
jeudi	星期四	beurre	奶油	fleur	花
bleu	藍色的	fleuve	河川	odeur	氣味
seul	唯一的	pieuvre	章魚	facteur	郵差
aveu	告白	couleuvre	游蛇	chaleur	炎熱
pieu	椿	œuvre	作品	docteur	醫生
yeux	眼睛	cœur	心臟	couleur	色彩
meule	石磨	bœuf	牛	bonheur	幸福

❶ 請一邊聽 MP3 裡法國人標準的發音，一邊跟著唸。

（第 1 次 由左至右；第 2 次 由上至下）

04_2_41

gan	jam	ban	sam
cen	mem	den	tem
cran	fran	plan	bran
tren	glan	blan	cham

❷ 單字的朗讀練習。（由上至下）

04_2_42

gant	手套	gens	人們	taon	虻
danse	跳舞	vent	風	paon	孔雀
santé	健康	dent	牙齒	faon	幼鹿
samba	森巴舞	tente	帳蓬	cran	孔洞
enfant	孩童	trente	30	camp	營地
chanson	歌曲	cendre	灰	jambe	腿
chambre	房間	menton	下巴	blanc	白色的
pantalon	長褲	pendant	在～期間	branche	樹枝
patience	耐心	tempête	暴風雨	français	法國的

❶ 請一邊聽 MP3 裡法國人標準的發音，一邊跟著唸。

（第1次 由左至右；第2次 由上至下）

04_2_43

fin	pin	tim	rin
trin	crin	brin	prin
main	faim	bain	grain
cein	tein	reim	plein

❷ 單字的朗讀練習。（由上至下）

04_2_44

lin	亞麻	poussin	小雞	essaim	蜂群
serin	金絲雀	chemin	道路	écrivain	作家
marin	海的	faim	肌餓	timbale	定音鼓
sapin	冷杉	train	列車	sein	乳房
pantin	木偶	grain	穀物	rein	腎臟
dindon	公火雞	refrain	副歌	frein	煞車
rinçage	沖洗	terrain	地面	peinture	繪畫

❶ 請一邊聽 MP3 裡法國人標準的發音，一邊跟著唸。

（第 1 次 由左至右；第 2 次 由上至下）

04_2_45

loin	moin	soin	poin	roin
foin	boin	doin	coin	join
gloin	groin	cloin	ploin	broin

❷ 單字的朗讀練習。（由上至下）

04_2_46

foin	乾草	moins	較少	pointu	尖端的
coin	角	loin	遙遠	poinçon	錐子
soin	細心	lointain	遙遠的	pointure	尺寸
point	點	besoin	必要	coing	榲桲
pointe	尖端	témoin	證人	goinfre	狼吞虎嚥
poing	拳頭	groin	（動物的）口鼻部	rejoindre	會合

24

❶ 請一邊聽 MP3 裡法國人標準的發音，一邊跟著唸。

（第 1 次 由左至右；第 2 次 由上至下）

04_2_47

né [e]	ré	dé	er [e]
blé	dré	flé	bré
gez	trez	vez	

❷ 單字的朗讀練習。（由上至下）

04_2_48

été	夏季	nez	鼻子	plumier	筆盒
épée	劍	chez	在～家裡	citer	引用
lycée	高中	assez	充足	parler	說話
fusée	火箭	pied	足	dîner	吃晚餐
musée	美術館	trépied	三腳架	déjeuner	吃午餐
fumée	煙	panier	籃子	tomber	跌倒
vérité	真理	étudier	研讀	oranger	柳橙樹
Corée	韓國	olivier	橄欖樹	boulanger	麵包店

❶ 請一邊聽 MP3 裡法國人標準的發音，一邊跟著唸。

（第 1 次 由左至右；第 2 次 由上至下）

04_2_49

nè [ɛ]	fê	pè	mê	rê
bai	zai	pai	dai	mai
pei	sei	vei	zei	trei
plai	chai	brai	flai	vrai
net	let	plet	chet	

❷ 單字的朗讀練習。（由上至下）

04_2_50

très	非常	poulet	小雞	mai	5月
près	近	cabinet	診療室	lait	牛乳
crème	奶油	robinet	水龍頭	balai	掃帚
treize	13	ticket	車票	laine	羊毛
reine	王后	bonnet	無邊軟帽	plaie	傷口
veine	靜脈，血管	crêpe	可麗餅	plaine	原野
baleine	鯨魚	hêtre	山毛櫸	fontaine	噴水池
Seine	塞納河	fêlure	裂縫	fraise	草莓

❶ 請一邊聽 MP3 裡法國人標準的發音,一邊跟著唸。

（第 1 次 由左至右；第 2 次 由上至下）

04_2_51

er [ɛr]	el	es	ec	ef	
fer	sel	mer	ter	del	
erre	elle	esse	ette	effe	enne

❷ 單字的朗讀練習。（由上至下）

04_2_52

merci	謝謝	nef	（教堂）殿	hirondelle	燕子
ferme	農莊	chef	領導者	renne	馴鹿
perle	珍珠	greffe	嫁接	antenne	天線
bercail	羊欄	terre	地面	chienne	母狗
sec	乾燥的	lierre	常春藤	vitesse	速度
veste	上衣	pierre	石頭	caresse	愛撫
insecte	昆蟲	sel	塩	paresse	懶惰
escargot	蝸牛	selle	馬鞍	assiette	盤子
bref	短暫的	échelle	梯子	clarinette	單簧管

❶ 請一邊聽 MP3 裡法國人標準的發音，一邊跟著唸。

（第 1 次 由左至右；第 2 次 由上至下）

04_2_53

pié	dia	bio
fia	mio	zio
vieu	tion	lieu
rian	gion	cien

❷ 單字的朗讀練習。（由上至下）

04_2_54

pioche	十字鎬	lumière	光線	lieu	地點
violette	紫羅蘭	glacière	冷藏箱	pieu	椿
diamant	鑽石	hier	昨天	vieux	年老的
mariage	結婚	fier	傲慢的	milieu	正中間
science	科學	lion	獅子	émotion	興奮
recipient	容器	viande	肉食	caution	保證
moitié	一半	triangle	三角形	condition	條件
piéton	行人	Dieu	神	sensation	感覺

❶ 請一邊聽 MP3 裡法國人標準的發音，一邊跟著唸。

（第 1 次 由左至右；第 2 次 由上至下）

04_2_55

su	so	si	sa	se	scé	cy	çu
sur	sor	sir	sar	ser	sci	ci	ço
sul	sol	sil	sal	sel	sce	ce	ça
usse	osse	isse	asse	esse			

❷ 單字的朗讀練習。（由上至下）

04_2_56

samedi	星期日	sorbet	果汁冰糕	hérisson	刺猬
sublime	崇高的	scie	鋸子	reçu	收據
siècle	世紀	scène	舞台	façade	面（建築物）
soldat	軍人	sceller	蓋章	garçon	男孩
silence	沉默	tasse	茶杯	caleçon	男用短褲
salaire	薪水	chasse	狩獵、追趕	ceci	這個
service	服務	saucisse	香腸	cidre	蘋果酒
sardine	沙丁魚	bosse	腫塊	cycle	週期

❶ 請一邊聽 MP3 裡法國人標準的發音，一邊跟著唸。

（第 1 次 由左至右；第 2 次 由上至下）

04_2_57

za	zi	zo	zé	zè
zou	zoi	zon	zin	zan
ise		usé	use	

❷ 單字的朗讀練習。（由上至下）

04_2_58

zoo	動物園	mélèze	落葉松	cuisine	烹飪
zone	地帶	gazelle	羚羊	mimosa	含羞草
zébu	瘤牛	usé	磨損的	musique	音樂
zèbre	斑馬	usine	工廠	rasoir	剃刀
gaz	煤氣	vase	花瓶	oiseau	鳥
gazon	草地	visite	拜訪	ciseaux	剪刀
bazar	市集，商場	visage	臉	isolé	孤獨的
lézard	蜥蜴	casier	整理架	asiatique	亞洲的

❶ 請一邊聽 MP3 裡法國人標準的發音，一邊跟著唸。

（第 1 次 由左至右；第 2 次 由上至下）

04_2_59

xa	xi	xe	xê	xé
xan	xeau	xoi	xez	xon
xai	xin	xer	xan	xei
exta	exfi	exo	exé	exi

❷ 單字的朗讀練習。 （由上至下）

04_2_60

taxe	稅額	index	食指	exiger	強制要求
boxe	拳擊	annexe	附屬的	exister	存在
fixe	固定的	maxime	格言	examen	考試
luxe	奢侈	flexible	易彎曲的	expérience	經驗
taxi	計程車	extra	特級的	exotique	異國的
texte	文本	extase	恍惚	sixième	第 6
silex	火石	excellent	傑出的	dixième	第 10

❶ 請一邊聽 MP3 裡法國人標準的發音，一邊跟著唸。

（第 1 次 由左至右；第 2 次 由上至下）

04_2_61

gna	gnu	gni	gno
gne	gnai	gné	gnon
gnau	gnei	gnac	gneau
gnel	gnol	gnec	gnal

❷ 單字的朗讀練習。（由上至下）

04_2_62

ligne	線	signal	信號	gagner	賺得
signe	記號	cognac	干邑白蘭地	soigner	照顧
cygne	天鵝	oignon	洋蔥	araignée	蜘蛛
vigne	葡萄樹	agneau	羔羊肉	peigne	梳子
rognon	腰子	chignon	髮髻	poigne	腕力
mignon	可愛的	rognure	碎屑	cigogne	鸛
gnôle	蒸餾酒	lorgnon	夾鼻眼鏡	besogne	勞動
vignoble	葡萄園	signature	簽名	Allemagne	德國

❶ 請一邊聽 MP3 裡法國人標準的發音，一邊跟著唸。

（第 1 次 由左至右；第 2 次 由上至下）

04_2_63

bail	rail	taill	mail
veil	teil	seil	beill
seuil	feuill	reuil	deuil
cueill	gueil	mouil	œil

❷ 單字的朗讀練習。（由上至下）

04_2_64

ail	大蒜	œillette	罌粟	corbeille	籃子（無把手）
paille	稻草	deuil	喪事	bouteille	瓶
vitrail	彩繪玻璃窗	feuille	葉子	orgueil	驕傲
caillou	碎石	fauteuil	扶手椅	accueil	招待
détail	細節	écureuil	松鼠	cueillir	摘（花、水果）
taille	身高	chevreuil	鹿	fenouil	茴香
volaille	家禽	orteil	腳趾	bouillon	清湯
médaille	獎章	soleil	太陽	citrouille	南瓜
soupirail	（地下室）氣窗	conseil	建議	brouillard	霧
œil	眼睛	réveiller	叫醒	grenouille	青蛙

❶ 請一邊聽 MP3 裡法國人標準的發音，一邊跟著唸。

（第 1 次 由左至右；第 2 次 由上至下）

04_2_65

ay	oy	uy
pay	foy	nuy
fray	ploy	bruy

❷ 單字的朗讀練習。（由上至下）

04_2_66

loyal	正直的	gruyère	（瑞士的）葛瑞爾起司	balayer	打掃
foyer	家庭	bruyère	石南	crayon	鉛筆
noyer	胡桃樹	essuyer	擦拭	frayeur	恐懼
noyau	果核	appuyer	按、壓	effrayer	使害怕
joyau	珠寶飾品	ennuyer	使煩惱	pays	國家
aboyer	吠叫	ennuyeux	使人煩惱的	paysan	農民
mitoyen	（法律）分界共有的	rayer	劃傷	paysage	景色
voyageur	旅客	rayon	光線	Raymond	（人名）
tuyau	管子	rayure	條紋	poney	小馬

05 句子的發音

　　法文的單字，一旦放到句子中，原本不發音的子音，就可能改為要發音（連音）；或者是母音的發音會被省略（母音省略）。由於在會話中，句子發音正確與否十分重要，故本課即針對句子中可能會出現的各種發音變化進行解說。

5.1 連音 | liaison

05_1

　　「連音」也就是指原本不發音的字尾子音（例如 petit 的字尾子音 t），若後面接續的是以母音或是啞音 h 開頭的單字，法國人在唸這兩個單字時會連音，子音會轉為要發音的現象。

1 因連音而產生的發音變化

位於字尾原本不發音的子音 s、x、z，若連音時會發 [z] 的音		
des idées [de ide]	des‿idées [dezide]	想法
deux ans [dø ɑ̃]	deux‿ans [døzɑ̃]	兩年
chez elle [ʃe ɛl]	chez‿elle [ʃezɛl]	在她家
位於字尾原本不發音的子音 t、d，若連音時會發 [t] 的音		
petit ami [pəti ami]	petit‿ami [pətitami]	男朋友
grand homme [grɑ̃ ɔm]	grand‿homme [grɑ̃tɔm]	偉人
鼻母音後面遇到母音時，通常是發 [鼻母音＋n] 的音[1]		
un enfant [œ̃ ɑ̃fɑ̃]	un‿enfant [œ̃nɑ̃fɑ̃]	一個孩子
son école [sɔ̃ ekɔl]	son‿école [sɔ̃nekɔl]	他（她）的學校

1 ➡ 也有可能轉為非鼻母音後再進行連音。

2 連音的各種情況

(a) ＜限定詞・形容詞＋名詞＞

deux_hommes	[døzɔm]	兩個男人
mon_ami	[mɔ̃nami]	我的朋友
mon_excellent_ami	[mɔ̃nɛksɛlɑ̃tami]	我最棒的朋友

➡ 關於限定詞，請見 (p.278)。

(b) ＜副詞（très、plus、bien、tout 等）＋形容詞・副詞＞

très_occupé	[trɛzɔkype]	非常地忙碌
tout_aimable	[tutɛmabl]	非常地親切

(c) ＜主詞代名詞＋動詞（＊表示倒裝式疑問句）＞

Ils_arrivent.	[ilzariv]	他們到了。
Arrivent-ils?（＊）	[arivtil]	他們到了嗎？

(d) ＜主詞代名詞＋補語人稱代名詞・中性代名詞＋動詞＞

Je les_aime.	[ʒəlezɛme]	我喜歡他們這些／那些。
Elles_en parlent.	[ɛlzɑ̃ parl]	她們在談那件事。

(e) 動詞 être（第 3 人稱單・複數）之後，可連音，也可不連音

C'est_une montre.	[sɛtyn mɔ̃tr]	那是手錶。
Ils sont_intéressants.	[il sɔ̃tɛteresɑ̃]	他們／那些很有趣。

(f) 介系詞（chez、dans、sans 等）之後，可連音，也可不連音

chez_eux	[ʃezø]	在他們家
sans_aucun problème	[sɑ̃zokœ̃ prɔblɛm]	一點問題也沒有

(g) 其他（quand、dont、複合詞等）

quand_il	[kɑ̃til]	當他〜的時候
de plus_en plus	[də plyzɑ̃ ply]	愈來愈〜

➡ 連音在某些情況下是可有可無的。一般來說在朗讀詩歌或演講時較常連音，而日常對話中則較少連音。

3 不能連音的情況

(a) 噓音＋**h**、數詞（**huit**、**onze**）之前

en/haut	[ɑ̃ o]	在～之上
ces/huit pommes	[se ɥipɔm]	這 8 個蘋果

(b) ＜單數名詞＋形容詞＞

un chocolat/amer	[œ̃ ʃɔkɔla amɛr]	苦味巧克力

(c) ＜主詞（名詞）＋動詞＞

L'avion/arrive.	[lavjɔ̃ ariv]	飛機抵達。
Louis/est beau.	[lwi ɛbo]	路易很帥。

(d) 倒裝句中的代名詞之後

Sont-ils/arrivés？	[sɔ̃til arive]	他們到了嗎？
Prends‿en/assez！	[prɑ̃zɑ̃ ase]	拿足夠的份量。

(e) 其他（**quand**、**dont**、**et**、**selon**、較長的副詞等）

Quand/irez-vous？	[kɑ̃ irevu]	您何時要去？
Moi et/Olivier	[mwae ɔlivje]	我和奧利佛
l'un/ou l'autre	[lœ̃ ulotr]	其中一方

5.2 連誦（滑音）| enchaînement

05_2

連誦就是指字尾原本要發音的子音（例如 il 的字尾子音 l），和後面接續的單字字首（母音或啞音 h），兩單字連在一起後發音的現象。

1 因連誦（滑音）而產生的發音變化

字尾要發音的子音＋母音		
il est [il ɛ]	il‿est [ilɛ]	他是～
elle arrive [ɛl ariv]	elle‿arrive [ɛlariv]	她到了
une heure [yn œr]	une‿heure [ynœr]	一小時

5.3 母音省略 | élision

05_3

母音省略是指字尾的母音＜a、i、e＞，為了避免和後面接續的單字字首的母音或是啞音 h 重覆或相互影響，故加上撇號並將字尾的母音＜a、i、e＞省略。

1 因母音省略而產生的發音變化

母音省略		
ce est [sə ɛ]	c'est [sɛ]	那是～
la histoire [la istwar]	l'histoire [listwar]	歷史
je aime [ʒə em]	j'aime [ʒem]	我喜歡～
jusque ici [ʒysk isi]	jusqu'ici [ʒyskisi]	到此為止

2 主要會發生母音省略現象的單字

ce、le、la、je、ne、de、me、te、se、si

que、jusque、lorsque、puisque、quoique

> si 若接續 il・ils 時，會有部分的母音省略。
> *s*'ils viennent　[sil viɛn] 要是他來了的話

3 不會發生「母音省略現象」的情況

(a) 在噓音＋**h**、數詞（**huit**、**huitième**、**onze**、**onzième**）之前

la∤honte　　　　　　羞恥
[la ɔ̃t]

le∤onzième concours　第 11 次比賽
[lə ɔ̃zjɛm kɔ̃kur]

(b) 倒裝的代名詞（**je**、**ce**）（**le**、**la**）之後

Puis-je∤attendre？　　我能等嗎？
[pɥiʒə atɑ̃dr]

Passez-la∤à ta sœur！　把那個拿給你妹妹。
[pase la atasœr]

第 2 篇

基本會話&文法

Grammaire

Leçon 06 基本會話

在正式開始學習文法前，請先記住這些招呼語的基本會話。

06_1

1 見面時的招呼語

Bonjour, [bɔ̃ʒur]	**monsieur.** [məsjø]	先生〔男性〕	日安（早安）。
	madame. [madam]	女士〔已婚女性〕	
Bonsoir, [bɔ̃swar]	**mademoiselle.** [madmwazɛl]	女士〔未婚女性〕	晚安。

Comment allez-vous? 您好嗎？
[kɔmɑ̃talevu]

—**Je vais très bien, merci. Et vous?** —我很好，謝謝。您呢？
[ʒəvɛ trɛbjɛ̃ mɛrsi evu]

> 〈Bonjour!〉是在早晨到傍晚間的招呼用語；〈Bonsoir!〉則是傍晚之後的招呼用語。

2 道別時的招呼語

Au revoir. 再見。
[o r(ə)vwar]

A bientôt. 回頭見。
[a bjɛ̃to]

A tout à l'heure. 待會兒見。
[a tuta lœr]

A demain 明天見。
[a d(ə)mɛ̃]

Bonne journée! 祝你有個美好的一天！
[bɔn ʒurne]

Bonne soirée!
[bɔn sware]

祝你有個愉快的夜晚！

Bon week-end!
[bɔ̃ wikɛnd]

祝你有個愉快的週末！

Bonnes vacances!
[bɔn vakɑ̃s]

祝你有個愉快的假期

Bon voyage!
[bɔ̃ vwajaʒ]

祝你有個愉快的旅程。

 《Salut!》[saly]「再見啦！」是和較熟識的人打招呼或道別時的用語。
《Bonne nuit.》[bɔ̃ nɥi]是「（睡前）晚安」的意思。

3 道謝用語

Merci.
[mɛrsi]

謝謝。

Merci beaucoup.
[mɛrsi boku]

非常謝謝你。

Je vous remercie beaucoup.
[ʒə vu rəmɛrsi boku]

非常謝謝您。

—Je vous en prie.
[ʒə vuzɑ̃ pri]

—不客氣。

07 名詞

7.1 名詞的陰陽性 | masculin et féminin

07_1

　　法文中所有的名詞都區分為陽性名詞及陰性名詞。陰陽性是指文法上的性質，除了天生就有男女之分、雄性、雌性等性別之分的名詞（人類或動物）外，天生沒有性別的名詞（事物），在法文的文法上也有陽性及陰性之別。在背誦單字時，請注意要將該單字的陰陽性以及附加的冠詞一併記起來。

陽性名詞 （nom masculin）		陰性名詞 （nom féminin）	
garçon [garsɔ̃]	男孩	fille [fij]	女孩
taureau [tɔro]	公牛	vache [vaʃ]	母牛
pantalon [pɑ̃talɔ̃]	長褲	jupe [ʒyp]	裙子
amour [amur]	愛	paix [pɛ]	和平
Japon [ʒapɔ̃]	日本	France [frɑ̃s]	法國

➡ 像 Taïwan（台灣）、Japon（日本）或 France（法國）這類表示國家、城市、山、河流、人名等專有名詞，字首會以大寫表示。

1 天生就有性別之分的名詞

(a) 有時會由陽性名詞轉為陰性名詞。原則上＜陽性名詞＋e＝陰性名詞＞，但有時也會在字尾做變化。

字尾	陽性名詞（n.m.）		陰性名詞（n.f.）	
陽性名詞＋e （基本原則）1	ami [ami]	朋友（男性）	ami*e* [ami]	朋友（女性）
	Français2 [frɑ̃sɛ]	法國男性	Français*e* [frɑ̃sɛz]	法國女性
子音重覆，再 加 e	chat [ʃa]	公貓	cha*tte* [ʃat]	母貓
在字尾做變化	étrang*er* [etrɑ̃ʒe]	外國人 （男性）	étrang*ère* [etrɑ̃ʒɛr]	外國人 （女性）
	act*eur* [aktœr]	男演員	act*rice* [aktris]	女演員
	serv*eur* [sɛrvœr]	男服務生	serv*euse* [sɛrvøz]	女服務生

1 ➡ 像 ami [ami] 這類字尾為母音的單字，即使改為陰性名詞 amie [ami]，在發音上也不會產生變化，但若陽性字尾為子音時，改為陰性時就會像 Française [frɑ̃sɛz] 在發音上會改變。

2 ➡ 字首以大寫書寫時，即為「～人」之意。有關主詞補語的部分請見 (p.108、279)。

(b) 同時包含兩種性別的單字

〔拼法相同但可變成兩種性別的單字－pianiste、élève、enfant 等〕

un secrétaire 男祕書　　**une secrétaire** 女祕書
[œ̃ s(ə)kretɛr]　　　　　　　　[yn s(ə)kretɛr]

〔僅以陽性名詞即可表示兩種性別－docteur、témoin 等〕

un médecin 男醫師＝女醫師
[œ̃ medsɛ̃]

〔僅以陰性名詞即可表示兩種性別－personne、star 等〕

une victime 男性受害者＝女性受害者
[yn viktim]

❶ 為了能夠表示該詞的性別，各個名詞前面都會加上冠詞（un 為陽性，une 為陰性）。

❷ 若為動物名詞，則該名詞的陰陽性並非完全表示該動物的生理性別，有時會指該物種在文法上的性質。（renne、girafe 等）

　un escargot　蝸牛　　　　　　　une souris　家鼠

　[œ̃ nɛskargo]　　　　　　　　　　[yn suri]

這些名詞不像動物名詞或職業名詞有性別（男女、公母）之分，因此這類名詞的陰陽性只能一個一個慢慢記，不過有一些單字可經由名詞的字尾來判斷陰陽性為何。

字尾	陽性名詞（n.m）		字尾	陰性名詞（n.f）	
-al	carnav**al** [karnaval]	嘉年華會	-ie	économ**ie** [ekɔnɔmi]	經濟
-oir	tir**oir** [tirwar]	抽屜	-ée [1]	pens**ée** [pɑ̃se]	思維
-ment	ali**ment** [alimɑ̃]	食物	-eur [2]	coul**eur** [kulœr]	色彩
-isme	réal**isme** [realism]	現實主義	-tion	condi**tion** [kɔ̃disjɔ̃]	狀態
-phone	télé**phone** [telefɔn]	電話	-ance	av**ance** [avɑ̃s]	前進

1 ➡ -ée 的尾音也有陽性名詞。   mus**ée** 美術館   lyc**ée** 高中
                                [myze]   [lise]

2 ➡ -eur 的尾音也有陽性名詞。   bonh**eur** 幸福   malh**eur** 不幸
                                  [bɔnœr]   [malœr]

07_2

　　法文的名詞除了有陰陽性之分，在表達時還要配合數量做變化，分為單數形及複數形。原則上＜名詞的單數形＋s＝名詞的複數形＞，但也有部分是在字尾做變化。

字尾	單數形（s.）	複數形（pl.）	字義
名詞的單數形＋s （此為基本原則）1	étudiant [etydjã]	étudiants [etydjã]	男學生
	étudiante [etydjãt]	étudiantes [etydjãt]	女學生
-eau -eu　　＋x -ou　　　2	oiseau [wazo]	oiseaux [wazo]	鳥
	cheveu [ʃ(ə)vø]	cheveux [ʃ(ə)vø]	頭髮
	bijou [biʒu]	bijoux [biʒu]	首飾，珠寶
-al -ail → = aux　3	animal [animal]	animaux [animo]	動物
	travail [travaj]	travaux [travo]	工作
-s　-s -x = -x -z　-z	avis [avi]	avis [avi]	意見
	voix [vwa]	voix [vwa]	聲音
	gaz [gɑz]	gaz [gɑz]	煤氣
發音不同	œuf [œf]	œufs [ø]	雞蛋
	bœuf [bœf]	bœufs [bø]	牛
	os [ɔs]	os [o]	骨頭

不規則變化	œil [œj]	yeux [jø]	眼睛
	monsieur [məsjø]	messieurs [mesjø]	先生

1 ➡ 由於表示複數形的 s 不發音，因此聆聽者必須依據冠詞 un 或 une，le 或 la 來分辨該名詞為單數還是複數。

2 ➡ 字尾為 -eu、-ou 的單字中，也有部分的複數形只需在後面加 s 改為 -eus、-ous 即可（同基本原則）。

pneu　→　pneus　輪胎　　　　clou　→　clous　釘子
[pnø]　　　[pnø]　　　　　　　　[klu]　　　[klu]

3 ➡ 字尾為 -al、-ail 的單字中，也有部分的複數形只需在後面加 s 改為 -als、-ails 即可（同基本原則）。

festival　→　festivals　節日　　　détail　→　details　細節
[fɛstival]　　[fɛstival]　　　　　　[detaj]　　　[detaj]

08 冠詞

法文中，名詞只能用來表達事物的概念，還不太能明確表達。因此原則上在名詞之前要加上冠詞或是其他的限定詞，才能將名詞以更為具體的方式（陰陽性、單複數等）表達明確的意義。本課接下來就是要介紹冠詞的部分。

8.1 不定冠詞 | l'article indéfini

08_1

陽性單數	陰性單數	陽、陰性複數
un [œ̃]	une [yn]	des [de]

發音	陽性單數 / 陽性複數		陰性單數 / 陰性複數	
子音之前	un stylo [œ̃ stilo]	des stylos [de stilo]	une robe [yn rɔb]	des robes [de rɔb]
母音之前	un‿arbre [œ̃narbr]	des‿arbres [dezarbr]	une‿école [ynekɔl]	des‿écoles [dezekɔl]
啞音 h 之前	un‿homme [œ̃nɔ:m]	des‿hommes [dezɔ:m]	une‿histoire [ynistwar]	des‿histoires [dezistwar]
噓音 h 之前	un,'hibou [œ̃ ibu]	des,'hiboux [de ibu]	une,'hache [yn aʃ]	des,'haches [de aʃ]

不定冠詞（相當於英語的 a、an）是代表「一個～、一位～」、「幾個～」之意，並放在初次提到或是不特定對象的可數名詞之前。

un pinceau [œ̃ pɛ̃so]	（1支）筆刷	→	des pinceaux [de pɛ̃so]	（幾支）筆刷
une femme [yn fam]	（1位）女性	→	des femmes [de fam]	（幾位）女性
un œuf [œ̃nœf]	（1顆）蛋	→	des œufs [dezø]	（幾顆）蛋

8.2 定冠詞 | l'article défini

08_2

陽性單數	陰性單數	複數
le（l'）	la（l'）	les
[lə]	[la]	[le]

發音	陽性單數／陽性複數		陰性單數／陰性複數	
子音之前	*le* stylo [lə stilo]	*les* stylos [le stilo]	*la* robe [la rɔb]	*les* robes [le rɔb]
母音之前	*l'*arbre [larbr]	*les*‿arbres [lezarbr]	*l'*école [lekɔl]	*les*‿écoles [lezekɔl]
啞音 h 之前	*l'*homme [lo:m]	*les*‿hommes [lezo:m]	*l'*histoire [listwar]	*les*‿histoires [lezistwar]
噓音 h 之前	*le*,'hibou [lə ibu]	*les*,'hiboux [le ibu]	*la*,'hache [la aʃ]	*les*,'haches [le aʃ]

定冠詞（相當於英文 the）放在特定的名詞或某事物的總稱之前。

1 表示特定的人事物－「這個～、那個～、慣常的～」

(a) 先前已提過的特定名詞：

Voici une robe. ***La*** robe est bleue.
[vwasi ynrɔb larɔb ɛ blø]

這裡有一件洋裝。**這件**洋裝是藍色的。

➡ 與此句相比，一般來說更常用Voici une robe. ***Cette*** robe est bleue.。

(b) 搭配介系詞 de 以表示限定範圍的名詞：

Voici un cahier. C'est ***le*** cahier de Louis.[1]
[vwasi œ̃ kaje sɛ lə kaje də lwi]

這裡有一本筆記本。這是路易的筆記本。

(c) 對話者彼此心知肚明的特定名詞：

Il y a un cendrier sur *la* table.
[ilija œ̃ sɑ̃drije syr latabl]

（那張）桌上有一個煙灰缸。

(d) 獨一無二的名詞或專有名詞：

***le* soleil** [lə sɔlɛj]	太陽	***la* mer** [la mɛr]	海	***la* Terre** [la tɛr]	地球
***le* Japon** [lə ʒapɔ̃]	日本	***les* Alpes** [lezalp]	阿爾卑斯山脈	***la* Seine** [la sɛn]	塞納河

1 ➡ 表示限定範圍的名詞有時也會加上「不定冠詞」（如 un, une），只是語意有些微不同。
　　C'est *un* cahier de Louis.　這是路易的一本筆記。（好幾本筆記本中的其中一本）
　➡ 有關 voici、c'est、il y a 等提示詞的用法 (請見 p.95)。

2 表示事物的總稱（代表某一類事物的整體名稱）－「所謂的～」

(a) 若為可數名詞，則可用單數或複數的定冠詞：

***L*'enfant est pur.**　　（所謂的）孩童是純潔的。
[lɑ̃fɑ̃ ɛ pyr]

***Les* enfants sont purs.** （所謂的）孩子們（都）是純潔的：
[lezɑ̃fɑ̃ sɔ̃ pyr]

(b) 若為不可數名詞（物質名詞・抽象名詞），則用單數的定冠詞。

***L*'amour est aveugle.**　戀愛是盲目的。
[lamur ɛtavœgl]

藉著動詞 aimer「喜歡～」，我們來試著比較一下不定冠詞與定冠詞之間的差異。

J'aime *un* Français.	我喜歡某位法國人。
J'aime *les* Français.	我喜歡法國人。
J'aime *le* français.	我喜歡法文。

08_3

	陽性單數	陰性單數
	du	de la
	[dy]	[də la]

發音	陽性單數		陰性單數	
子音之前	*du* pain [dy pɛ̃]	麵包	*de la* patience [də la pasjɑ̃s]	忍耐
母音之前	*de* l'argent [də larʒɑ̃]	金錢	*de* l'eau [də lo]	水
啞音 h 之前	*de* l'humour [də lymur]	幽默	*de* l'huile [də lɥil]	油
噓音 h 之前	*du* ʼhachis [dy aʃi]	碎肉 ／魚肉／菜	*de la* ʼhaine [də la ɛn]	憎恨

　　不定冠詞（un, une, des）主要是用於可數名詞，而本課的部分冠詞則有「一些」「某些」「某個數量的～」的語意，放在不可數的物品、代表某個無法計算的量的物質名詞（水、米、肉、奶油等）或是抽象名詞（忍耐、勇氣、音樂等）之前。

Paul mange *du* pain.
[pɔl mɑ̃ʒ dy pɛ̃]
保羅吃（一些）麵包。

Paul boit *de* l'eau.
[pɔlbwar dəlo]
保羅喝（一點）水。

Paul a *de* l'humour.
[pɔla də lymur]
保羅很幽默。

讓我們透過名詞 bière（啤酒）來試著比較各種冠詞的用法。

Une bière, s'il vous plaît.〔數量〕　　　　　請給我一罐啤酒。

Je bois *de la* bière.　　〔某個量〕　　　　我喝一點啤酒。

J'aime *la* bière.　　　　〔總稱〕　　　　　我喜歡啤酒。

動物名詞也會因冠詞不同而代表不同的意思。當成食物的總稱時要用單數的定冠詞；當成某一種類別的動物時則要用複數的定冠詞。

Voici *un* bœuf.　　　　〔動物的數量〕　　這裡有（一隻）牛。

Je mange *du* bœuf.　　〔某個量的肉〕　　我吃（一些）牛肉。

J'aime *le* bœuf.　　　　〔某種肉類的總稱〕我喜歡牛肉。

J'aime *les* bœufs.　　　〔某種動物的總稱〕我喜歡牛。

因此，要是不小心說出下面的句子很容易招致誤解，請特別小心。

J'aime *le* chien.　　　　　　　我喜歡狗肉。

關於冠詞的形態變化或省略等事項，請見 p.103、117、278。

8.4 介系詞與定冠詞的縮寫 | l'article contracte

08_4

介系詞 de、à 之後，若接續定冠詞 le、les，分別會合併縮寫為＜du、des、au、aux＞的形態。但若為定冠詞 la、l' 則不會產生縮寫。

＜de + 定冠詞＞		例句	
de + le	→	**du** [dy]	le fils *du* directeur [lə fis dy dirɛktœr]	經理的兒子
de + la	→	de la	la couleur de la voiture [la kulœr də la vwatyr]	車子的顏色
de + l'	→	de l'	l'adresse de l'hôpital [ladrɛs də lopital]	醫院的地址
de + les	→	**des** [de]	le symbole *des* Etats-Unis [lə sɛ̃bɔl dezetazyni]	美國的象徵

C'est le vélo *du* professeur.　〔所有格〕　　　這是老師的自行車。
[sɛ lə velo dy prɔfɛsœr]

Jean vient *des* Etats-Unis.　〔來自某場所〕　Jean 是從美國來的。
[dʒin vjɛ̃ dezetazyni]

有關介系詞 de「～的」「由～（某處）而來的」，請見 p.130。

由於合併後的縮寫，剛好與部分冠詞 du 及不定冠詞 des 同形，因此要注意別混淆了。

Je prends *du* thé.	〔部分冠詞〕	我喝（一點）紅茶。
Je prends la direction *du* sud.	〔縮寫〕	我往南方走去。
Je connais *des* élèves.	〔不定冠詞〕	我認識（幾位）學生。
Je connais la plupart *des* élèves.	〔縮寫〕	我認識大多數的學生。

＜à ＋ 定冠詞＞	例句	
à ＋ le → au [o]	*au* cinéma [o sinema]	在電影院
à ＋ la → à la	**à la** piscine [a la pisin]	在游泳池
à ＋ l' → à l'	**à l'**aéroport [a laeropɔr]	在機場
à ＋ les → aux [o]	*aux* toilettes [o twalɛt]	在廁所

C'est une pizza *au* jambon.　　〔附屬〕　　這是放了火腿的比薩。
[sɛ yn pidza o ʒɑ̃bɔ̃]

Théo est *au* café.　　〔在某場所〕　　德歐在咖啡店。
[teo eto kafe]

有關 à「屬於～、在～（某處）」等介系詞的用法，請見 p.130。

Leçon 09 提示的用法

本課我們要來看看有關法文「提示」的用法。

09_1

1 voici、voilà：要指出遠或近的事物時，voici（相當於英語的 here is、here are）是表示離說話者相對較近的人或物，voilà 則是表示離說話者相對較遠的人或物。

voici + 名詞 [vwasi]	這裡有～；～在這裡
voilà + 名詞 [vwala]	那裡有～；～在那裡

Voici un étudiant.
[vwasi œnetydjɑ̃]

這裡有（一位）學生。

Voilà des bateaux.
[vwala de bato]

那裡有（幾艘）船。

Voilà la maison du maire.
[vwala la mɛzɔ̃ dy mɛr]

市長的家在那裡。

> 若無須特別區分遠近，在日常會話中較常使用 voilà。

2 il y a：此句型為非人稱句型，是用於表示人或物的存在。（相當於英語的 there is、there are）

il y a + 名詞 [ilija]	有～

Il y a un programme de télévision.
[ilija œ̃ prɔgram də televizjɔ̃]

有一個電視節目。

Il y a des clients au restaurant.
[ilija de klijɑ̃ o rɛstɔrɑ̃]

有（幾位）客人在餐廳。

Il y a du calcium dans le lait.
[ilija dy kalsjɔm dɑ̃ lə lɛ]

牛奶裡含有（一些）鈣質。

> 請試著透過以下的句子做比較。
> ***Voici*** un dictionnaire.　　　　　　這裡有本字典。
> ***Il y a*** un dictionnaire sur la table.　　桌上有本字典。
> ***Le*** dictionnaire est sur la table.　　　（那本）字典在桌上。

3 c'est、ce sont（相當於英語的 **this is**、**it is**、**these are**、**those are**）用於指示、說明、介紹人或物，在法文中是十分常用的表達方式。

c'est + 單數名詞 [sɛ]	這個（那個）是～
ce sont + 複數名詞 [s(ə) sɔ̃]	這些（那些）是～

Qu'est-ce que c'est ?　　　這是什麼？
[kɛs kə sɛ]

—***C'est*** un pain aux raisins.　—這是葡萄乾麵包。
　[sɛtœ̃ pɛ̃ o rɛzɛ̃]

—***Ce sont*** des sifflets.　　　—這些是哨子。
　[s(ə)sɔ̃ de siflɛ]

Qui est-ce?　　　　　　　那是誰？
[kiɛs]

—***C'est*** Jean.　　　　　　—那是 Jean。
　[sɛ ʒɑ̃]

—***Ce sont*** les frères de Jean. —那些是 Jean 的兄弟。
　[s(ə) sɔ̃ le frɛr də ʒɑ̃]

> ❶ 在日常會話中，也會用＜c'est + 複數名詞＞表達。
> ***C'est*** des mangues.　　那是芒果。
> ❷ 像是 Qu'est-ce que c'est ? 或 Qui est-ce?這類的疑問句，通常是以
> 　c'est、ce sont 回答。

Leçon 10 形容詞

10.1 形容詞的一致性

10_1

　　形容詞和其修飾對象（名詞或代名詞），在陰陽性及單複數上要一致，而形容詞的單複數變化原則，則和名詞相同。

單複數 性質	單數	複數	單數	複數
陽性	grand [grɑ̃]	grands [grɑ̃]	petit [p(ə)ti]	petits [p(ə)ti]
陰性	grande [grɑ̃d]	grandes [grɑ̃d]	petite [p(ə)tit]	petites [p(ə)tit]

Le musée du Louvre est ***grand***.　　羅浮宮很大。
[lə myze dy luvr e grɑ̃]

La tour Eiffel est ***grande***.　　艾菲爾鐵塔很高。
[la tur ɛfɛl e grɑ̃d]

Les frères de Nathalie sont ***petits***.　　娜塔莉的兄弟都很矮。
[le frɛr də natali sɔ̃ p(ə)ti]

Les sœurs de Laurent sont ***petites***.　　羅弘的姊妹都很矮。
[le sœr də lorɑ̃ sɔ̃ p(ə)tit]

> 若主詞有男、有女時，形容詞要用陽性的複數形。(p.105)
> 　　　　Laurent et Nathalie sont ***petits***.
> 　　　　娜塔莉和羅弘的個子都很矮。
> 主詞為名詞時，不會出現連音。(p.78)
> 　　　　Jacques‿est grand.
> 　　　　雅各的個子很高。
> 就上述的例句中，利用 est（原形為 être）來和主詞做連結的形容詞，就稱為「主詞補語」。(p.279)

10_2

10.2 形容詞的陰陽性

1 有一些形容詞，其陰陽性轉換的方式（字尾的變化）和名詞的轉換方式很相似。

字尾	陽性	陰性	語意
陽性單數形＋e （基本原則）	génial [ʒenjal]	géniale [ʒenjal]	天才的
	plein [plɛ̃]	pleine [plɛn(ə)]	滿滿的
-e = -e	jeune [ʒœn]	jeune [ʒœn]	年輕的
-er -ère -et → -ète -eux -euse	léger [leʒe]	légère [leʒɛr]	輕的
	discret [diskrɛ]	discrète [diskrɛt]	謹慎的
	curieux [kyrjø]	curieuse [kyrjøz]	好奇的
-el -elle -en -enne -on → -onne -os -osse -as -asse	ponctuel [pɔ̃ktɥɛl]	ponctuelle [pɔ̃ktɥɛl]	認真的
	ancien [ɑ̃sjɛ̃]	ancienne [ɑ̃sjɛn(ə)]	古老的
	mignon [miɲɔ̃]	mignonne [miɲɔn(ə)]	嬌小可愛的
	gros [gro]	grosse [gros]	粗壯的，胖的
	bas [bɑ]	basse [bɑs]	低的
-f → -ve	naïf [naif]	naïve [naiv]	天真的
例外	frais [frɛ]	fraîche [frɛʃ]	新鮮的
	doux [du]	douce [dus]	甜的，柔的
	long [lɔ̃]	longue [lɔ̃g]	長的

➡ 關於形容詞陰陽性轉換時的**例外**變化，上表只列出少數幾個單字供讀者參考（還包括 sec、grec、faux、roux、gentil、public、malin 等），各位讀者在用字典查單字時，請一併確認該形容詞的陰性形態。

2 另外有幾個特殊形容詞，其陽性會有兩種形態，第二種形態的出現是在當後面接的陽性名詞是以母音、啞音 h 開頭的情況時，我們姑且稱之為「陽性第二形態形容詞」。此形容詞的陰性轉換方式為，重複「陽性第二形態形容詞」的字尾子音再加上 e。

字尾	陽性	（陽性第二形態形容詞）	陰性	語意
陽性第二形態形容詞	beau [bo]	（bel） [bɛl]	belle [bɛl]	美麗的
	vieux [vjø]	（vieil） [vjɛj]	vieille [vjɛj]	年老的
	nouveau [nuvo]	（nouvel） [nuvɛl]	nouvelle [nuvɛl]	新的

un **beau** paysage   一幅美麗的風景
[œ̃ bo peizaʒ]

un **bel** oiseau   一隻美麗的鳥
[œ̃ bɛlwazo]

une **belle** fleur   一朵美麗的花
[yn bɛl flœr]

un **vieux** film   一部老電影
[œ̃ vjø film]

un **vieil** homme   一個老年人
[œ̃ vjɛjɔm]

une **vieille** fille   一位單身年老女性
[yn vjɛjfij]

> mou、fou 也有陽性第二形態形容詞
>
> mou　（mol）　柔軟的
> [mu]　　[mɔl]
>
> fou　　（fol）　瘋狂的
> [fu]　　[fɔl]

形容詞的單複數變化和名詞單複數變化幾乎相同。

字尾	單數	複數	語意
陽性形容詞＋s （基本原則）	content [kɔ̃tɑ̃]	contents [kɔ̃tɑ̃]	高興的
	contente [kɔ̃tɑ̃t]	contentes [kɔ̃tɑ̃t]	
-eau → -eaux	beau [bo]	beaux [bo]	美麗的
-al → -aux ₁	original [ɔriʒinal]	originaux [ɔriʒino]	獨特的
-s = -s -x = -x	gras [gra]	gras [gra]	油膩的
	jaloux [ʒalu]	jaloux [ʒalu]	嫉妒的

Olivier est *studieux* et Isabelle est *sportive*.
[ɔlivje ɛ stydjø e izabɛlɛ spɔrtiv]

奧利佛是好學型的，伊莎貝爾則是運動型的。

Les amies de Nathalie sont très *amicales*.
[lezami də natali sɔ̃ trɛzamikal]

娜塔莉的朋友們都非常友善。

1 ➡ -al、-aux 也會將複數形改為 -al、-als。

    fatal   →   fatals   命中注定的
    banal   →   banals   平凡的

10.4 形容詞的位置

10_4

　　這裡要講的形容詞位置,並不是指作為主詞補語此位置的形容詞,而是修飾名詞的形容詞的位置,稱為附加形容詞,其位置會因語意而改變,可能出現在名詞前,也可能會出現在名詞後。

1 <名詞＋形容詞>:原則上,法文形容詞大都放在名詞的後面。

(a) 一般的形容詞

un enfant *câlin*　　　　愛撒嬌的孩子
[œ̃nɑ̃fɑ̃ kalɛ̃]

un plafond *élevé*　　　很高的天花板
[œ̃ plafɔ̃ elve]

(b) 放在名詞之後、用於表示國籍、色彩、形狀等的形容詞。

un roman *allemand*　　德國的小說
[œ̃ rɔmɑ̃ almɑ̃]

une jupe *blanche*　　　白色的裙子
[yn ʒyp blɑ̃ʃ]

une table *carrée*　　　四方形的桌子
[yn tabl kare]

(c) 由現在分詞或過去分詞轉變而來的形容詞。

un enfant *amusant*　〔現在分詞〕　有趣的孩子
[œ̃nɑ̃fɑ̃ amyzɑ̃]

un enfant *perdu*　　〔過去分詞〕　迷路的孩子
[œ̃nɑ̃fɑ̃ pɛrdy]

2 <形容詞＋名詞>:常用且較為簡短的形容詞,則要放在名詞前面。

un *beau* garçon　　　美少年
[œ̃ bo garsɔ̃]

une *jolie* fille　　　漂亮的女生
[yn ʒɔli fij]

un *grand* canapé　　大的沙發
[œ̃ grɑ̃ kanape]

une *longue* avenue 　　　長的林蔭大道
[yn lõg avny]

un *bon* film 　　　好的電影
[œ̃ bõ film]

une *grosse* voiture 　　　大型車輛
[yn gros vwatyr]

➡ 其他還有 petit、jeune、vieux、mauvais、haut 等也都屬於此用法。

3 有些形容詞會因為放在名詞的前面或後面而有語意上的不同。

un *grand* homme 　　　偉人
[œ̃ grɑ̃dɔm]

un homme *grand* 　　　身材高大的人
[œnɔm grɑ̃]

une *seule* femme 　　　唯一的女性
[yn sœl fam]

une femme *seule* 　　　孤獨的女子
[yn fam sœl]

une *ancienne* maison 　　　舊家
[yn ɑ̃sjɛn mɛzõ]

une maison *ancienne* 　　　古厝
[yn mɛzõ ɑ̃sjɛn]

un *curieux* élève 　　　奇怪的學生
[œ̃ kyrjøzelɛv]

un élève *curieux* 　　　好奇心重的學生
[œnelɛv kyrjø]

＜名詞＋形容詞＞並不會產生連音（但名詞若為複數則常發生連音），
＜形容詞＋名詞＞則會產生連音。

　　un enfant 'intelligent 　聰明的孩子
　　[œ̃nɑ̃fɑ̃ ɛ̃teliʒɑ̃]

　　un *petit* enfant 　　小孩子
　　[œ̃ pətitɑ̃fɑ̃]

放在名詞之後的形容詞為此形容詞原本的語意，但若放在名詞前面，則
是用於表示強調或作為比喻功能。

　　une veste *noire* 　黑色上衣
　　[yn vɛst nwar]

　　une *noir* histoire 　灰暗的故事
　　[yn nwar istwar]

10_5

10.5 冠詞的變形：de

形容詞若放在「複數名詞」之前，不定冠詞 des 要改為＜de＞。

＜de＋複數形容詞＋複數名詞＞

des livres　→　~~des bons livres~~　→　**de** bons livres　（好幾本）不錯的書
[de livr]　　　　　　　　　　　　　　 [də bõ livr]

Il a **de** grosses lunettes.
他戴著一副大大的眼鏡。

Anne a les yeux verts, mais Sophie a **de** beaux yeux bleus.
安娜的眼睛是綠色的，蘇菲則有一雙美麗的藍眼睛。

> 以上是 des 變成 de 的情況。但若為下列情況，冠詞則不會有變化。
>
> **des** poissons frais　　〔名詞＋形容詞時〕
> 　　　　　　　　　　　　（幾條）新鮮的魚
>
> **des** petits pois　　　　〔當（形容詞＋名詞）為固定用法，為一完整的語意時〕
> 　　　　　　　　　　　　（幾顆）豌豆
>
> **les** beaux châteaux　　〔定冠詞時〕
> 　　　　　　　　　　　　（那幾座）美麗的城堡

11 主詞人稱代名詞

接下來要學習的是和法文動詞有關的各種文法，本課主要是介紹與動詞密不可分的**主詞人稱代名詞**（相當於英語的 I、you、he、she 等）。

11.1 主詞人稱代名詞

11_1

若想要正確地掌握主詞人稱代名詞的用法，搭配形容詞來看是最有效的方法。以下各個例句所使用的動詞為 être（請見 p.108）。先來看看下表：

人稱	單數		複數	
第一人稱	je（j'） [ʒə]	我	nous [nu]	我們
第二人稱	tu [ty]	你	vous [vu]	您 你們
第三人稱	il [il]	他 那個	ils [il]	他們 那些
	elle [ɛl]	她 那個	elles [ɛl]	她們 那些

➡ 在 je 之後若接續以母音或啞音 h 開頭的動詞，則會發生母音省略現象，je → j'。

➡ 「主詞人稱代名詞」只在句首是大寫，不然皆為小寫。

1 je、nous：為第一人稱單數／複數，指說話者。

Je suis marié.
[ʒə sɥi marje]
我結婚了（男性）。

Nous sommes fatigués.
[nu sɔm fatige]
我們很累（全男性；有男有女）。

Je suis mariée.
[ʒə sɥi marje]
我結婚了（女性）。

Nous sommes fatiguées.
[nu sɔm fatige]
我們很累（女性）。

2 **tu**、**vous**：分別表示第二人稱單數／複數，指聆聽者。**tu** 是用於較親近的家人或朋友、同事、小孩子，**vous** 則是用於長輩或初次見面的人（一人或多人）作為敬稱使用，**vous** 也有「你們」的意思，用於稱呼多位較親近的人。

Tu es prêt, papa ?
[ty ɛ prɛ papa]
爸，你準備好了嗎？

Vous êtes prêt(s), monsieur (messieurs) ?
[vuzɛt prɛ məsjø / mesjø]
先生（們），您（各位）準備好了嗎？

Tu es prête, maman ?
[ty ɛ prɛt mamã]
媽，妳準備好了嗎？

Vous êtes prête(s) , madame (mesdames) ?
[vuzɛt prɛt madam (medam)]
女士，您（各位）準備好了嗎？

Vous êtes prêts, papa et maman ?
[vuzɛt prɛ papa ɛ mamã]
爸、媽，你們準備好了嗎？

3 **il**、**ils**、**elle**、**elles**：第三人稱單數／複數，不只表示特定的「人物」，也可用於表示「物品」。

Il est beau, Marc.
[ilɛ bo mark]
馬克他很英俊。

Elle est belle, Béatrice.
[ɛlɛ bɛl beatris]
貝阿特莉絲她很美。

Il est beau, le musée du Louvre.
[ilɛ bo le myze dy luvr]
羅浮宮，美極了。

Elle est belle, la tour Eiffel.
[ɛlɛ bɛl la tur ɛfɛl]
艾菲爾鐵塔，美極了。

當主詞中有男有女，即使男女比例為 1（男）比 30（女），主詞還是要用陽性複數形 ils。

Marc et Marie sont grands. *Ils* sont basketteurs.
馬克和瑪麗都很高。他們都是籃球選手。

11.2 不定代名詞：on

不定代名詞 on 相當於主詞人稱代名詞，常在日常生活的會話中當主詞使用，可用於特定及不特定的人物。

不定代名詞	
on [ɔ̃]	我們 人（們） 某人

➡ 配合使用的動詞形態為第三人稱單數。
➡ on 若放在 et、si、où、que 等單字之後或是句首時，會改為 l'on。

11_2

1 on（＝nous「我們」）－指特定人物時

Jérôme et moi, **on** est gourmands.[1]
[ʒerom e mwa ɔne gurmɑ̃]
哲羅姆和我（我們）都很貪吃。

Estelle et moi, **on** est gourmand**es**.
[estel e mwa ɔne gurmɑ̃d]
艾斯特爾和我（我們）都很貪吃。

2 on（＝tout le monde「大家」或「一般人」）－泛指不特定的人物

Quand **on** est content, **on** est souriant.
[kɑ̃tɔne kɔ̃tɑ̃ ɔnesurjɑ̃]
一個人在開心時會面露微笑。

Au Japon, **on** préfère le riz au pain.[2]
[o ʒapɔ̃ ɔ̃ prefɛr lə ri o pɛ̃]
在日本，人們喜歡米飯勝於麵包。

3 on（＝quelqu'un「某人」）－不特定指某個對象

On a volé le vélo de Marie.

[ɔna vɔle lə velo də mari]

有人偷了瑪麗的自行車。

1 ➡ moi 為強調形人稱代名詞，表示「我」 (p.157)，可以表示男性或女性。從形容詞 gourmand 可知，Jérôme 和 moi（我）可能都是男性，或者是一男一女，而 Estelle 和 moi（我）則都是女性，主要是從 gourmand 字尾的 e 來判斷的。

2 ➡ 雖然以 on 開頭的句子為主動語態，但 on 在語意上也可以用於表示被動語態，此例句也可譯為「在日本，米飯比麵包更受人們喜愛」，米飯變成了主詞 (p.238)

動詞 être 和 avoir 的直陳式現在時

　　直陳式是用於描述「現在」或「過去」「未來」實際發生之行為、狀態的語式，共有 8 種時態。首先就從各個動詞的直陳式現在時開始說明。

12.1 動詞 être 的變化／位

12_1

　　動詞 être（相當於英語的 be 動詞），和動詞 avoir 並列為法文中最重要的動詞。請一邊唸一邊寫，連同搭配的主詞人稱代名詞一起背。

être　是～、存在 [εtr]	
je **suis** [ʒə sy]	nous **sommes** [nu sɔm]
tu **es** [ty ε]	vous ⌣**êtes** [vuzεt]
il ⌢**est** [ilε]	ils **sont** [il sɔ̃]
elle ⌢**est** [εlε]	elles **sont** [εl sɔ̃]

Je **suis** taïwanais 〔être ＋補語（形容詞）〕
[ʒə sy tajwanε]
我是台灣人（男）。

On **est** étudiant(e)s 〔être ＋補語（名詞）〕
[ɔnεtetydjɑ̃(t)]
我們是學生。

Vous **êtes** très occupé(e)(s)? 〔être ＋補語（形容詞）〕
[vuzεt trεzɔkype]
你們（您）很忙嗎？

Elles *sont* dans la cuisine. 〔être+介系詞+場所〕
[ɛl sɔ̃ dɑ̃ la kɥizin]

她們在廚房。

放在 être 之後的名詞，是用來表達國籍、職業、身分，並當成主詞補語使用，通常都不會加上冠詞。而這種不帶冠詞的名詞，性質介於名詞與形容詞之間，因此表達國籍時，字首可大寫也可小寫，目前多以小寫為主。(p.278)

Elle est *anglaise*. = Elle est *Anglaise*. 她是英國人。
[ɛle ɑ̃glɛz]

放在 c'est、ce sont 之後，或是在名詞前後有形容詞時，會加上冠詞。

C'est *une* Chinoise. 這位（她）是中國人。
[sɛt yn ʃinwaz]

Ce sont *des* vendeurs. 這些（他們）是售貨員。
[s(ə) sɔ̃ de vɑ̃dœr]

Il est *un* écrivain célèbre. 他是位有名的作家。
[ilɛtœ̃nekrivɛ̃ selɛbr]

12.2 動詞 avoir 的變化／位

12_2

動詞 avoir（相當於英語的 have）的直陳式現在時如下所示。

avoir 有～ [avwar]	
j 'ai [ʒe]	nous‿avons [nuzavɔ̃]
tu as [tya]	vous‿avez [vuzave]
il‿a [ila]	ils‿ont [ilzɔ̃]
elle‿a [ɛla]	elles‿ont [ɛlzɔ̃]

J'ai une sœur mignonne. 〔擁有〕
[ʒe yn sœr miɲɔn]

我有一個可愛的妹妹（姊姊）。

Tu *as* de la monnaie ? 〔擁有〕
[ty a də la mɔnɛ]

你有零錢嗎？

Elle *a* la grippe. 〔表示狀態〕
[ɛla la grip]

她感冒了。

On *a* vingt ans. 〔表示年齡〕
[ɔna vɛ̃ tɑ̃]

我們 20 歲。

Nous *avons* faim. 〔慣用句〕
[nuzavɔ̃ fɛ̃]

我們餓了。

Vous *avez* mal à la tête ? 〔慣用句〕
[vuzave mala la tɛt]

您頭痛嗎？

❶ 提示的用法 il y a 中的 a，為 avoir 的第三人稱單數。(p.95)
❷ 和 avoir 搭配成為慣用句的名詞，不會加上冠詞。另外，即使主詞為複數形，這些無冠詞的名詞也不會發生任何變化。(p.278)

avoir faim	肚子餓	avoir sommeil	想睡覺
avoir soif	口渴	avoir peur de	對～感到害怕
avoir chaud	覺得熱	avoir honte de	對～感到羞愧
avoir froid	覺得冷	avoir besoin de	需要～
avoir raison	是正確的	avoir envie de	想要～
avoir tort	是錯誤的	avoir mal à	（身體某部位）痛

── 身體各部位名稱 ──

la tête	頭	la gorge	喉嚨	le cœur	心臟
les yeux	眼睛	les épaules	肩膀	l'estomac	胃
le nez	鼻子	les bras	手腕	le ventre	腹部
les dents	牙齒	le dos	背部	les jambes	腳

13

-er 動詞的
直陳式現在時

在 12 課我們學過了動詞 être 和 avoir。法文的動詞，會因應語式和時態而在拼字及發音上有所變化，本課就針對動詞的變化模式稍微做些介紹。

13.1 動詞不定式 | l'infinitif

法文中將動詞的原形稱為**不定式**或**不定詞**。不定式是由＜語幹＋語尾＞所構成（例如 dans + er = danser），利用語尾的特徵將之分類，會分為下列 4 種動詞。

-er 動詞	第一組規則動詞 不規則動詞	donner、aimer... aller（例外）	法文的動詞中有九成都是 -er 動詞。第一組規則動詞的變位模式屬規則變化，只有少部分屬例外。
-ir 動詞	第二組規則動詞 不規則動詞	finir、choisir... sortir、venir...	-ir 動詞的變位模式，分為規則變化與不規則變化。
-re 動詞 -oir 動詞	不規則動詞	attendre、lire... voir、pouvoir...	-re 與 -oir 動詞的變位模式屬不規則變化。

➡ 基本動詞 être 和 avoir，除了當一般動詞用之外，也當成助動詞使用，因此又稱「基本不規則動詞」。

13_2

從原形動詞拿掉字尾的-er 後，換成此規則所需的語尾。這些語尾有的要發音，有的不發音，這點請特別注意。

字尾		parler (parl~~er~~) [parle]	說話	aimer (aim~~er~~) [ɛme]	愛
je	-e [不發聲]	je parle [ʒə parl]		j' aime [ʒem]	
tu	-es [不發聲]	tu parles [ty parl]		tu aimes [ty em]	
il	-e [不發聲]	il parle [il parl]		il aime [ilem]	
nous	-ons [ɔ̃]	nous parlons [nu parlɔ̃]		nous aimons [nuzemɔ̃]	
vous	-ez [e]	vous parlez [vu parle]		vous aimez [vuzeme]	
ils	-ent [不發聲]	ils parlent [il parl]		ils aiment [ilzem]	

➡ 第三人稱的 elle、elles，之後會以 il、ils 標記。

Il **parle** français.[1]   〔 parler 〕
[il parl frãsɛ]
他說法文。

Je **danse** le tango.   〔 danser 〕
[ʒə dãs lə tãgo]
我跳探戈。

Vous **collectionnez** les timbres ?   〔 collectionner 〕
[vu kɔlɛksjɔne le tɛ̃br]
您在收集郵票嗎？

112

Elles **_habitent_** à Paris. 〔habiter〕

[ɛlzabit a pari]

她住在巴黎。

Nous **_aimons_** la cuisine japonaise. 〔aimer〕

[nuzemɔ̃ la kɥizin ʒaponɛz]

我們喜歡日本料理。

1 ➡ parler 表示「說（某種）語言」時，語言名詞前通常**不加冠詞**，但句子中若有修飾該語言的形容詞或修飾動詞的副詞時，就要加上冠詞。

Il parle **_un_** français **correct**. 他說正確的法文。

Il parle **bien** **_le_** français. 他法文說得很好。

13.3 -er 動詞的例外變化（第一組規則動詞）

13_3

-er 動詞的變化會因應發音上的需求，而在拼字上產生一些變化。

manger (mangℯⲣ)	吃 [mɑ̃ʒe]	commencer (commencℯⲣ)	開始 [kɔmɑ̃se]
je mange [ʒə mɑ̃ʒ]		je commence [ʒə kɔmɑ̃s]	
tu manges [ty mɑ̃ʒ]		tu commences [ty kɔmɑ̃s]	
il mange [il mɑ̃ʒ]		il commence [il kɔmɑ̃s]	
nous mang**e**ons [nu mɑ̃ʒɔ̃]		nous commen**ç**ons [nu kɔmɑ̃sɔ̃]	
vous mangez [vu mɑ̃ʒe]		vous commencez [vu kɔmɑ̃se]	
ils mangent [il mɑ̃ʒ]		ils commencent [il kɔmɑ̃s]	

Nous **_partageons_** la chambre. 〔partager〕

[nu partaʒɔ̃ la ʃɑ̃br]

我們共用一間房間。

Nous *nageons* en (dans une) piscine couverte. 〔 nager 〕
[nu naʒɔ̃ ɑ̃ pisin kuvɛrt]

我們在室內游泳池游泳。

Nous *commençons* un travail. 〔 commencer 〕
[nu kɔmɑ̃sɔ̃ œ̃ travaj]

我們開始工作。

peser (pes*er*) [pəze]	重～重量	appeler (appel*er*) [aple]	呼喚	préférer (préfér*er*) [prefere]	比較喜歡
je p**è**se [ʒə pɛz]		j' appe**ll**e [ʒapɛl]		je préf**è**re [ʒə prefɛr]	
tu p**è**ses [ty pɛz]		tu appe**ll**es [ty apɛl]		tu préf**è**res [ty prefɛr]	
il p**è**se [il pɛz]		il appe**ll**e [ilapɛl]		il préf**è**re [il prefɛr]	
nous pesons [nu pəzɔ̃]		nous appelons [nuzapəlɔ̃]		nous préf**é**rons [nu preferɔ̃]	
vous pesez [vu pəze]		vous appelez [vuzaple]		vous préf**é**rez [vu prefere]	
ils p**è**sent [il pɛz]		ils appe**ll**ent [ilzapɛl]		ils préf**è**rent [il prefɛr]	

Tu *pèses* cent kilos ? 〔 peser 〕
[ty pɛz sɑ̃ kilo]

你重 100 公斤嗎？

Elle *jette* des documents. 〔 jeter 〕
[ɛl ʒɛt de dɔkymɑ̃]

她把文件丟掉。

Le professeur *répète* la même chose. 〔 répéter 〕
[lə prɔfesœr repɛt la mɛm ʃoz]

老師重覆說同樣的事。

Il *possède* une grãnde fortune.　　　　　　〔 posséder 〕
[il pɔsɛd yn grãd fɔrtyn]
他擁有龐大的財產。

employer (employ**é͞r**) [ãplwaje]	雇用	payer (pay**é͞r**) [pɛje]	支付
j' emplo**ie** [ʒãplwa]		je pa**ie** [ʒə pɛ]	je paye [ʒə pɛj]
tu emplo**ies** [tyãplwa]		tu pa**ies** [ty pɛ]	tu payes [ty pɛj]
il emplo**ie** [ilãplwa]		il pa**ie** [il pɛ]	il paye [il pɛj]
nous employons [nuzãplwajɔ̃]		nous payons [nu pejɔ̃]	nous payons [nu pejɔ̃]
vous employez [vuzãpwaje]		vous payez [vu peje]	vous payez [vu peje]
ils emplo**ient** [ilzãplwa]		ils pa**ient** [il pɛ]	ils payent [il pɛj]

On *paie* par chèque.　　　　　　〔 payer 〕
[ɔ̃ pɛ par ʃɛk]
我們以支票付款。

On *paye* en espèces.　　　　　　〔 payer 〕
[ɔ̃ pɛjãnɛspɛs]
我們以現金付款。

否定句（1）

要用法文表達「不～」的否定時，是用＜主詞＋ne＋動詞＋pas＞的句型，把動詞夾在 ne 和 pas 之間。

主詞＋ne＋動詞＋pas	不～
[n(ə)]　　　[pa]	

14_0

être　否定形	avoir　否定形	parler　否定形
je *ne* suis *pas* [ʒ(ə) n(ə) sɥi pa]	je *n*'ai *pas* [ʒ(ə) nɛ pa]	je *ne* parle *pas* [ʒə n(ə) parl pa]
tu *n*'es *pas* [ty nɛ pa]	tu *n*'as *pas* [ty na pa]	tu *ne* parles *pas* [ty n(ə) parl pa]
il *n*'est *pas* [il nɛ pa]	il *n*'a *pas* [il na pa]	il *ne* parle *pas* [il n(ə) parl pa]
nous *ne* sommes *pas* [nu n(ə) sɔm pa]	nous *n*'avons *pas* [nu navɔ̃ pa]	nous *ne* parlons *pas* [nu n(ə) parlɔ̃ pa]
vous *n*'êtes *pas* [vu nɛt pa]	vous *n*'avez *pas* [vu navɛ pa]	vous *ne* parlez *pas* [vu n(ə) parle pa]
ils *ne* sont *pas* [il n(ə) sɔ̃ pa]	ils *n*'ont *pas* [il nɔ̃ pa]	ils *ne* parlent *pas* [il n(ə) parl pa]

Elles sont prétentieuses.

→ Elles *ne* sont *pas* prétentieuses.　　她不自大。
[ɛl n(ə) sɔ̃ pa pretɑ̃sjøz]

J'ai chaud.

→ Je *n'* ai *pas* chaud.　　　　我不覺得熱。
[ʒ(ə) nɛ pa ʃo]

❶ 有時在日常會話中，也會省略 ne。

C'est pas difficile.　　　　這不難喔。

❷ ne～pas 以外的否定形，請見 p.214。

14.1 否定的冠詞：de

14_1

不定冠詞 un、une、des 或是部分冠詞 du、de la、de l'，若放在作為直接受詞的名詞前，這些冠詞在否定句中，都會變成＜de＞。

Vous avez **un** appartement.

→ Vous n'avez pas **d'**appartement.　　　　　你們沒有公寓。
[vu navɛ pa dapartəmɑ̃]

Il y a **des** tomates dans le frigo.

→ Il n'y a pas **de** tomates dans le frigo.　　冰箱裡沒有蕃茄。
[il nija pa d(ə) tɔmat dɑ̃ lə frigo]

J'achète **de la** viande.

→ Je n'achète pas **de** viande.　　　　　　我不買肉。
[ʒə naʃɛt pa də vjɑ̃d]

---

❶ 但在 c'est、ce sont 的句子中，以上提到的的不定冠詞或部分冠詞，
　即使在否定句中也不會有任何變化。

　C'est **du** beurre.　　　　　→ Ce n'est pas **du** beurre.
　這是奶油。　　　　　　　　　　這不是奶油。

　Ce sont des‿allumettes.　　→ Ce ne sont pas **des**‿allumettes.
　這是火柴。　　　　　　　　　　這不是火柴。

❷ 定冠詞 le、la、les，即使改為「否定句」也不會有任何變化。
　Il aime **le** fromage.　　　　→ Il n'aime pas **le** fromage.
　他喜歡起司。　　　　　　　　　他不喜歡起司。

15

La phrase interrogative

疑問句

15.1 肯定疑問句

要用法文詢問「～嗎？」的時候，可用下列三種方式表達。

詢問	**Vous avez des enfants ?** [vuzave dezɑ̃fɑ̃] **Est-ce que vous avez des enfants ?** [ɛs k(ə) vuzave dezɑ̃fɑ̃] **Avez-vous des enfants ?** [avevu dezɑ̃fɑ̃]	您有小孩嗎？
回答	—Oui, j'ai des enfants. [wi ʒedezɑ̃fɑ̃] —Non, je n'ai pas d'enfants. [nɔ̃ ʒə nɛ pa dɑ̃fɑ̃]	—有，我有小孩。 —沒有，我沒有小孩。

1 利用聲調：只要在肯定句的句尾將聲調上揚，即為疑問句。最常用在日常會話中。

Tu es écolier ?（↗）
[ty e ekɔlje]
你是小學生嗎？

—Oui, je suis écolier.
[wi ʒə syzekɔlje]
—是，我是小學生。

Ce sont des bonbons ?（↗）
[s(ə) sɔ̃ debɔ̃bɔ̃]
這是糖果嗎？

—Non, ce ne sont pas des bonbons.
[nɔ̃ s(ə) n(ə) sɔ̃ pa de bɔ̃bɔ̃]
—不，這不是糖果。

2 用 **Est-ce que** 表達：在句首加上 **est-ce que** [ɛs k(ə)] 後即成為疑問句。常用在日常會話中，和單純的聲調上揚相比，疑問的語氣更為強烈。

Est-ce que vous étudiez le japonais ?
[ɛs k(ə) vuzetydje lə ʒapɔnɛ]

您在學日文嗎？

—Oui, j'étudie le japonais.
[wi ʒetydi lə ʒapɔnɛ]

－是，我在學日文。

Est-ce qu' elle mange des légumes ?
[ɛs kɛl mɑ̃ʒ de legym]

她吃蔬菜嗎？

—Non, elle ne mange pas de légumes.
[nɔ̃ ɛl n(ə) mɑ̃ʒ pa d(ə) legym]

－不，她不吃蔬菜。

Est-ce qu' il y a de la mayonnaise ?
[ɛs kil ija d(ə) la majɔnɛz]

有美奶滋嗎？

—Non, il n'y a plus de mayonnaise.[1]
[nɔ̃ inijaply d(ə) la majɔnɛz]

－不，已經沒有美奶滋了。

1 ➡ ne ~ plus 是「已經～沒有」的意思 (請見 p.214)。

3 用倒裝的句型表達：將主詞和動詞對調，並在兩者之間以連字號（-）連接起來即為疑問句。主要用於文章，不過有時也會用於一般會話。

être 肯定倒裝句	avoir 肯定倒裝句	parler 肯定倒裝句
suis-je ? [sɥiʒə]	ai-je ? [eʒə]	parlé-je ? 2 [parleʒə]
es-tu ? [ety]	as-tu ? [aty]	parles-tu ? [parlty]
est-il ? [etil]	a-*t*-il ? 1 [atil]	parle-*t*-il ? 1 [parltil]
sommes-nous ? [sɔmnu]	avons-nous ? [avɔ̃nu]	parlons-nous ? [parlɔ̃nu]
êtes-vous ? [ɛtvu]	avez-vous ? [avevu]	parlez-vous ? [parlevu]
sont-ils ? [sɔ̃til]	ont-ils ? [ɔ̃til]	parlent-ils ? [parltil]

1 ➡ 若為-er 動詞第三人稱單數，為了讓兩個相連的母音更容易發音，會在當中加入＜-t-＞。

2 ➡ 在-er 動詞中，因為第一人稱單數的倒裝句不用於一般對話，因此會以 est-ce que 的句型，或是以聲調上揚表示疑問。

(a) 主詞為人稱代名詞時

Sont-ils à la bibliothèque ?　　　　　　　他們在圖書館嗎？
[sɔ̃til a la biblijɔtɛk]

Avez-vous de la fièvre ?　　　　　　　你們有發燒嗎？
[avevu də la fjɛvr]

Fume-t-elle beaucoup ?　　　　　　　她抽很多煙嗎？
[fymtɛl boku]

(b) 主詞為名詞（**Sébastien**、**le camion** 等）時：將名詞放在句首，後接動詞以及代名詞（代替原先的名詞），用倒裝句的型式表達，稱為複合倒裝句。

Patricia est célibataire.

→ Patricia ***est-elle*** célibataire ?　　　　帕特里夏是單身嗎？
[patrisja etɛl selibatɛr]

Marc et Anne ont des soucis.

→ Marc et Anne **ont-ils** des soucis ?　　馬克和安娜有煩心的事嗎？
[mark e annə ɔ̃til desusi]

Le train arrive à l'heure.

→ Le train **arrive-t-il** à l'heure ?　　火車會準時進站嗎？
[lə trɛ̃ arivtil a lœr]

15.2 否定疑問句

15_2

　　否定疑問句「不〜嗎？」和肯定疑問句的造句方式相同，但要特別注意的是，法文的否定疑問句中，若答句為肯定，則請回答 Si（相當於英文的 Yes）；若答句為否定，則請回答 Non（相當於英文的 No）。

詢問	Vous n'avez pas d'enfants ? [vu nave pa dɑ̃fɑ̃] Est-ce que vous n'avez pas d'enfants ? [ɛs k(ə) vu nave pa dɑ̃fɑ̃] N'avez-vous pas d'enfants ? [nave vu pa dɑ̃fɑ̃]	您沒有小孩嗎？
回答	— Non, je n'ai pas d'enfants. [nɔ̃ ʒ(ə) nɛ pa dɑ̃fɑ̃] — Si, j'ai des enfants. [si ʒɛ de zɑ̃fɑ̃]	—沒有，我沒有小孩。 —有啊，我有小孩。

Tu n'es pas fatigué ?　　你不累嗎？
[ty ne pa fatige]

—**Non**, je ne suis pas fatigué.　　—不，我不累。
[nɔ̃ ʒ(ə) n(ə) sɥi pa fatige]

Ne dînez-vous pas ?　　您不吃晚餐嗎？
[n(ə) dine vu pa]

—**Si**, je dîne plus tard.　　要（吃），我晚點再吃。
[si ʒ(ə) din ply tar]

être　否定倒裝句	avoir　否定倒裝句	parler　否定倒裝句
ne suis-je pas ? [nə sɥi ʒə pa]	n'ai-je pas ? [ne ʒə pa]	ne parle-je pas ? [nə parl ʒə pa]
n'es-tu pas ? [ne ty pa]	n'as-tu pas ? [na ty pa]	ne parles-tu pas ? [nə parl ty pa]
n'est-il pas ? [netil pa]	n'a-**t**-il pas ? [natil pa]	ne parle-**t**-il pas ? [nə parl til pa]
ne sommes-nous pas ? [nə sɔm nu pa]	n'avons-nous pas ? [navɔ̃ nu pa]	ne parlons-nous pas ? [nə parlɔ̃ nu pa]
n'êtes-vous pas ? [nɛt vu pa]	n'avez-vous pas ? [nave vu pa]	ne parlez-vous pas ? [nə parle vu pa]
ne sont-ils pas ? [nə sɔ̃til pa]	n'ont-ils pas ? [nɔ̃til pa]	ne parlent-ils pas ? [nə parltil pa]

il y a 的倒裝句形態如下。

Y a-t-il des tigres blancs au zoo ?　　　　　〔肯定倒裝句〕
[iyatil de tigrblɑ̃ ozo]　　　　　　　　　　　　動物園有白老虎嗎？

N'y a-t-il pas de tigres blancs au zoo ?　　〔否定倒裝句〕
[nijatil pa də tigr blɑ̃ ozo]　　　　　　　　　　動物園沒有白老虎嗎？

指示形容詞

1 指示形容詞（相當於英語的 this、that、these、those）是以「這個、那個」等代稱特定名詞的形容詞，因此要配合名詞的陰陽性、單複數做變化。

陽性單數	陰性單數	陽、陰性複數
ce （cet[1]） [sə] [sɛt]	cette [sɛt]	ces [se]

16_0

	陰陽性單數		陰陽性複數	
陽性	**ce** tableau [sə tablo]	這幅畫	**ces** tableaux [se tablo]	這些畫
陽性	**cet** opéra [sɛtɔpera]	這部歌劇	**ces** opéras [se zɔpera]	這些歌劇
陰性	**cette** statue [sɛt staty]	這座雕像	**ces** statues [se staty]	這些雕像

Ce spectacle est toujours plein.
[sə spɛktakl ɛ tuʒur plɛ̃]

這場秀總是座無虛席。

Cet amphithéâtre est à gauche ?
[sɛtɑ̃fiteatr ɛta goʃ]

那間階梯教室在左邊嗎？

Le jardin de *cette* maison est bien soigné.
[lə ʒardɛ̃ də sɛt mɛzɔ̃ ɛ bjɛ̃ swaɲe]

那間房子的庭院照顧得很好。

Ces bananes ne sont pas encore mûres.
[sə banan nə sɔ̃ pa ɑ̃kɔr myr]

這些香蕉還沒成熟。

1 ➡ 若指示形容詞後面所修飾的名詞，是以母音字或啞音 h 開頭的陽性單數名詞，則在名詞前以 cet 來取代 ce。這點和放在名詞之前的形容詞用法是一樣的。

| ~~ce immeuble~~ | → | *cet* immeuble
[sɛtimœbl] | 這棟大樓 |
| ~~ce excellent projet~~ | → | *cet* excellent projet
[sɛtɛksɛlã prɔʒɛ] | 這個出色的計畫 |

> 表達**時間**也可以用本課的「指示形容詞」。
>
> | l'après-midi | → | *cet* après-midi | 今天下午 |
> | [laprɛmidi] | | [sɛtapremidi] | |

2 表達遠近的對比：與 -ci「這個～」、-là「那個～」合併使用。

Ce vin-***ci*** est bon, mais ***ce*** vin-***là*** est plat.
[sə vɛ̃si ɛ bɔ̃ mɛ sə vɛ̃la e pla]

這瓶酒很好喝，那瓶酒的味道很平淡。

Cette chemise-***ci*** est en coton et ***cette*** chemise-***là*** est en soie.
[sɛt ʃ(ə)miz si ɛtã kɔtɔ̃ esɛt ʃ(ə)mizla ɛtã swa]

這件襯衫是棉質的，那件襯衫是絲質的

> 關於指示代名詞，請見 p.208。

17 所有格形容詞

所有格形容詞（相當於英語的 my、your 等），是表示「我的～」、「你的～」之意，必須要配合名詞的陰陽性、單複數做變化。

17_0

所有者 ＼ 名詞	陽性單數	陰性單數	陽、陰性複數
我的	mon [mɔ̃]	ma [ma]（mon[1]）	mes [me]
你的	ton [tɔ̃]	ta [ta]（ton[1]）	tes [te]
他的／她的	son [sɔ̃]	sa [sa]（son[1]）	ses [se]
我們的	notre [nɔtr]	notre [nɔtr]	nos [no]
您的 你們的	votre [vɔtr]	votre [vɔtr]	vos [vo]
他們的 她們的	leur [lœr]	leur [lœr]	leurs [lœr]

	陽、陰性單數		陽、陰性複數	
陽性	***son* fils** [sɔ̃ fis]	他（她）的兒子	***ses* fils** [se fis]	他（她）的兒子們
陽性	***sa* fille** [sa fij]	他（她）的女兒	***ses* filles** [se fij]	他（她）的女兒們
陰性	***son* amie** [sɔnami]	他（她）的 （女性）朋友	***ses* amies** [sezami]	他（她）的 （女性）朋友們

La voiture de ***ma* mère** est en panne.
[la vwatyr də mamɛr ɛtɑ̃ pan]

我媽媽的車故障了。

Est-ce que je porte ***vos* bagages** dans ***votre* chambre** ?
[ɛs k(ə) ʒ(ə) pɔrt vo bagaʒ dɑ̃ vɔtr ʃɑ̃br]

您的行李要拿到房間去嗎？

---

1 ➡ 若陰性單數名詞的字首為母音字或啞音 h，該名詞前的所有格形容詞則改用 mon、ton、son。若該名詞前有其他的形容詞，亦遵循相同的規則。

~~sa idée~~ → ***son* idée** 他（她）的想法
[sɔnide]

~~sa admirable œuvre.~~ → **son** admirable œuvre.   他（她）那件令人讚賞的作品
[sɔnadmirablœvr]

❶ 表示身體部位時，通常都是用定冠詞。

~~J'ai mal à *mon* dos.~~ → j'ai mal **au** dos.   我背痛。

~~Il croise *ses* jambes.~~ → Il croise **les** jambes.   他盤著腿。

❷ 請試著比較一下下列例句。

〔由於主詞是 elle，特定指出擁有此頭髮的人為某位女性（她），所以要用定冠詞〕

Elle a **les** cheveux longs.   她有一頭長髮。

〔由於未明白指出主詞（亦即擁有頭髮的人）為何，所以用所有格形容詞將範圍限定在某人的頭髮〕

Ses cheveux sont longs.   她的頭髮是長的。

❸ 關於所有格代名詞，請見 p.209。

18 副詞

　　和中文一樣，副詞的作用是修飾動詞或形容詞等詞類。首先就先透過和形容詞或其他的副詞相互比較，以瞭解副詞的主要用法。

18.1 副詞與形容詞的比較、副詞之間的比較

18_1

1 副詞和形容詞的比較

形容詞	例句	副詞	例句
bon [bɔ̃] 好的	Jean est un **bon** chanteur. 約翰是很棒的歌手。	bien [bjɛ̃] 好	Il chante **bien**. 他歌唱得很好。
mauvais [movɛ] 不好的	Nathalie est une **mauvaise** chanteuse. 娜塔莉是個很差的歌手。	mal [mal] 不好	Elle chante **mal**. 她歌唱得不好。
rapide [rapid] 快的	Ce train est **rapide**. 這班火車很快。	vite [vit] 快	Il roule **vite**. 它行駛得很快。
lent [lɑ̃] 緩慢的	Cette voiture est **lente**. 這部車很慢。	lentement [lɑ̃tmɑ̃] 緩慢地	Elle roule **lentement**. 它行駛得很慢。

2 副詞和副詞的比較

副詞	例句	副詞	例句
beaucoup [boku] 很 非常地 很多	Elle travaille **beaucoup**. 她很努力工作。	bien [bjɛ̃] 很好地	Elle travaille **bien**. 她工作得很好。
	Elle parle **beaucoup**. 她很愛說話。	très [trɛ] 很 非常地 非常	Elle est **très** bavarde. 她很愛說話。
	Elle parle très *beaucoup*.		Elle parle **très** bien. 她很會說話。
	Elle a *beaucoup* faim.		Elle a **très** faim. 她非常地餓。

❶ 雖然有例外，但拼字較長的副詞大多是由形容詞衍生而來的。

〔由陰性形容詞轉換而來〕

général   →   générale   →   généralement 一般地
franc   →   franche   →   franchement   坦率地

〔若形容詞字尾為母音，由陽性形容詞轉換而來〕

poli   →   poliment   有禮貌地
absolu   →   absolument   絕對地

〔形容詞字尾 -ent、-ant [ɑ̃] 若轉為副詞，則會變為 -emment [amɑ̃]、-amment [amɑ̃]〕

récent   →   récemment   最近
[resɑ̃]   [resamɑ̃]

suffisant →   suffisamment   充份地
[syfizɑ̃]   [syfizamɑ̃]

❷ 也有部分的形容詞含有副詞的語意。

Il chante juste.（≠ faux）   他唱歌音準很準（他唱歌走音）。
Il parle fort.（≠ bas）   他說話大聲（小聲）。

18.2 副詞及副詞片語的種類

18_2

場所	partout [partu]	到處	quelque part [kɛlkəpar]	在某處
	ici [isi]	這裡	là [la]	那裡
數量、程度	presque [prɛsk]	幾乎	à peu près [apøprɛ]	大約
	davantage [davɑ̃taʒ]	更加	tellement [tɛlmɑ̃]	這樣地
時間、頻率	tôt [to]	迅速	déjà [déjà]	已經
	longtemps [lɔ̃tɑ̃]	長時間	tout à coup [tutaku]	突然地

狀態	plutôt [plyto]	寧願	par hasard [par azar]	碰巧
	gentiment [ʒɑ̃timɑ̃]	親切地	en vain [ɑ̃vɛ̃]	徒勞
推論	peut-être [pøtɛtr]	或許	sans doute [sɑ̃dut]	可能

18.3 副詞的位置

18_3

1 修飾整個句子時，通常會放在句首。

Heureusement, c'est pas grave.　　幸運的是，沒什麼大礙。

2 修飾形容詞或其他的副詞時，通常會放在修飾對象的前面。

C'est *trop* cher.　　那個太貴了。

Elle parle *trop* vite.　　她說得太快了。

3 修飾動詞時，通常會放在動詞後面。

Ils vivent *ensemble*.　　他們一起生活。

> 我們試著比較以下有兩個以上副詞的句子。(可參考 p.168)
> 　　Il fait *très* chaud.　　　　　　　天氣非常熱。
> 　　Il fait *vraiment très* chaud.　　　天氣真的非常熱。
> 　　Il fait *vraiment très* chaud *aujourd'hui*. 今天天氣真的非常熱。
> 關於複合時態下的副詞位置請見 p.185。

介系詞

法文的介系詞和英文一樣是將句子中的名詞、形容詞、副詞、動詞不定式等詞，和句子中其他的組成要素做連接，藉此表示兩者之間的關係。雖然介系詞有很多種（用來表示地點、時間、手段、方法等），但這裡就先介紹幾個基本的介系詞以及相關的例句。

à	par	devant	avant	vers	entre
de	pour	derrière	après	envers	parmi
en	sur	chez	jusque	pendant	avec
dans	sous	contre	depuis	durant	sans

19_0

➡ 上述的介系詞中，有些介系詞是如同 avant、après 一樣，同時可作為副詞或名詞使用。

	介系詞	例句
à [a]	〔地點〕 在～、往～	Tu travailles ***à*** la bibliothèque ? 你在圖書館工作嗎？
	〔時間〕 在～（某時刻）	Partez-vous ***à*** dix heures ? 你們 10 點出發嗎？
	〔所有物〕 屬於～的	Ce livre est ***à*** Dominique ? 這本書是多米尼克的嗎？
	〔特徵〕 有著～	Il y a un homme ***aux*** cheveux gris. 有位（有著）頭髮斑白的男性。
	〔à＋不定式〕 去（做某件事）	J'hésite ***à*** acheter cette résidence. 我在猶豫是否要買那間公寓。
de [də]	〔地點〕 從～	Elle arrive ***de*** la gare. 她從車站來到這裡。
	〔時間〕 從～	Cécile étudie le piano ***du*** matin au soir. 塞西爾從早到晚都在學（練）練琴。
	〔所有物〕 ～的	C'est la bicyclette ***de*** mon frère. 那是我弟弟（哥哥）的自行車。

de [də]	〔de＋不定式〕 去（做某件事）	Il rêve *de* devenir avocat. 他夢想成為一位律師。	
en [ɑ̃]	〔地點〕 在～、向～	Tu habites *en* banlieue ? 你住在郊外？	
	〔材料〕 以～製成	C'est un jouet *en* bois. 那是木製的玩具。	
	〔狀態〕 在～的狀態	Les cerisiers sont *en* fleur. 櫻花盛開。	
	〔手段、方法〕 用～，靠～	Nous allons au travail *en* bus. 我們搭公車去上班。	
par [par]	〔經過〕 通過～，從～	Il entre *par* le jardin. 他從院子進來。	
	〔手段、方法〕 透過～	J'envoie ce paquet *par* la poste. 我從郵局寄出包裹。	
	〔分配〕 按照～，每當～	Vous fumez vingt cigarettes *par* jour ? 您一天要抽 20 根煙嗎？	
pour [pur]	〔目的地〕 朝著～，往～	Christophe a pris l'avion *pour* Londres. 克里斯托夫搭了往倫敦的班機。	
	〔對象、用途〕 對於～	L'exercice modéré est bon *pour* la santé. 適度的運動有益健康。	
	〔用途、目標〕 為了～	C'est un médicament *pour* la toux. 那是止咳藥。	
avec [avɛk]	〔同伴、共同〕 和～一起	Je vais au théâtre *avec* mes collègues. 我和同事們一起去看戲。	
	〔手段、工具〕 使用～，用～	Les Japonais mangent *avec* des baguettes. 日本人用筷子吃飯。	
sans [sɑ̃]	不～，沒有～	C'est une boisson *sans* alcool. 這是不含酒精的飲料。	
	〔sans＋不定式〕 不做（某件事）	Elle travaille *sans* bavarder. 她工作時不聊天。	

場所的表達方式

20.1 場所及位置

20_1

我們接著來看場所或位置的表達方式。

介系詞（片語）	例句
sur [syr] 在～之上（的）	Le vase est **sur** la table. 花瓶在桌上。
sous [su] 在～之下	Le tapis est **sous** la table. 地毯在桌子下面。
dans [dɑ̃] 在～之中（的）	Le suspect est **dans** sa maison. 嫌犯在自己家中。
chez[1] [ʃe] 在～的家裡（店裡）	Le suspect est **chez** sa copine. 嫌犯在他女友的家裡。
devant [d(ə)vɑ̃] 在～的前面	Une voiture stationne **devant** la banque. 一輛車停在銀行前面。
derrière [dɛrjɛr] 在～的後面	Un camion stationne **derrière** la banque. 一輛卡車停在銀行後面。
à côté de [a kote də] 在～旁	Cette église est **à côté de** la fleuriste. 那間教堂在花店旁邊。
en face de [ɑ̃ fas də] 在～的對面	Cette église est **en face de** la mairie. 那間教堂在市公所對面。
au bout de [o bu də] 在～的盡頭	Sa chambre est située **au bout du** couloir. 他（她）的房間位於走廊的盡頭。
au bord de [o bɔr də] 在～邊	Sa villa est située **au bord de** la mer. 他（她）的別墅位於海岸邊。

au milieu de [o miljø də] 在～的正中央	Il y a une fontaine *au milieu de* la place. 廣場的正中央有一座噴水池。
au centre de [o sɑ̃tr də] 在～的中心	Il y a une école *au centre de* la ville. 市中心有一所學校。

1 ➡ chez 也可以用來放在介系詞（介系詞片語）之後。

Il rentre *de* chez le dentiste. 他從牙醫那邊回來。

Nous déménageons *près de* chez notre grand-mère. 我們搬到祖母家的附近。

試著比較下列例句。

Il est assis
{ *sur* une chaise. 他坐在椅子上。
{ *dans* un fauteuil. 他坐在扶手椅裡。

Je marche
{ *sur* le boulevard. 我走在林蔭大道上。
{ *dans* la rue. 我走在街上。

Je regarde
{ un film *à* la télévision. 我在電視上看一部電影。
{ un mot *dans* le dictionnaire. 我用辭典查單字。

Je vais
{ *à* la boulangerie.
{ *chez* le boulanger. } 我去麵包店。

───── 各類商店 ─────

à l'épicerie = chez l'épicier 在食品雜貨店

à la boucherie = chez le boucher 在肉鋪

à la charcuterie = chez le charcutier 在豬肉食品店

à la poissonnerie = chez le poissonnier 在魚店

à la pâtisserie = chez le pâtissier 在糕點店

副詞	例句
	Son chien est encore dans la maison ? 他（她）的狗還在房子裡嗎？
dedans [dədɑ̃] 在裡面	— Oui, il est *dedans*. －是，（牠）在裡面。
dehors [dəɔr] 在外面	— Non, il est *dehors*. －不，（牠）在外面。
	Le chat est sur le canapé ? 貓在沙發上嗎？
dessus [d(ə)sy] 在上面	— Oui, il est *dessus*. －是，（牠）在上面。
dessous [d(ə)su] 在下面	— Non, il est *dessous*. －不，（牠）在下面。

➡ 也有當成介系詞的用法。

    au-dessus de　～在～之上　　　　au-dessous de　在～之下

20.2 國家・城市

20_2

    要表示「在、往～國家（城市）」時，介系詞會因為接續不同的專有名詞而發生下列的變化。

介系詞＋國名／城市名	例句
en＋陰性國名（單數） ＊en 後面省略定冠詞	J'habite *en* Belgique. 我住在比利時。 Tu habites *en* Espagne ? 你住在西班牙嗎？
au＋陽性國名（單數） ＊au＝à＋le	Je suis né(e) *au* Japon. 我在日本出生。 Est-ce qu'elle est née *au* Brésil ? 她是在巴西出生的嗎？

aux＋陽、陰性國名（複數） ＊aux＝à＋les	Je passe mes vacances **aux** Etats-Unis. 我在美國度假。 Passez-vous vos vacances **aux** Philippines？ 你們是在菲律賓度假嗎？
à＋城市名稱	Je suis **à** Paris. 我人在巴黎。 Est-ce qu'ils sont **à** New York？ 他們在紐約嗎？

字首為母音的陽性國名（單數），介系詞要用 en。

〔陽性國名〕　　**en** ‿Iraq　　　在伊拉克
　　　　　　　　en ‿Angola　　在安哥拉共和國

無冠詞的國名，介系詞要用 à。

〔無冠詞的國名〕　**à** Cuba　　　　在古巴
　　　　　　　　　à Taïwan　　　　在台灣
　　　　　　　　　à Madagascar　　在馬達加斯加
　　　　　　　　　à Singapour　　　在新加坡

搭配動詞 visiter「造訪～」時，不需添加介系詞。

　　Je visite Lyon.　　~~à Lyon~~　　我去里昂觀光。
　　Je visite la Grèce.　~~en Grèce~~　我去希臘觀光。

國名

〔陰性國名〕		〔形容詞〕	〔陽性國名〕		〔形容詞〕
la France	法國	français(e)	le Japon	日本	japonais(e)
l'Angleterre	英國	anglais(e)	le Portugal	葡萄牙	portugais(e)
l'Allemagne	德國	allemand(e)	le Canada	加拿大	canadien(ne)
l'Espagne	西班牙	espagnol(e)	le Brésil	巴西	brésilien(ne)
l'Italie	義大利	italien(ne)	le Maroc	摩洛哥	marocain(e)
la Chine	中國	chinois(e)	les Etats-Unis	美國	américain(e)
la Hollande	荷蘭	hollondais(e)	les Pays-Bas	荷蘭	

21

動詞 aller 和 venir 的直陳式現在時

21.1 aller 和 venir 的變化／位（不規則動詞）

21_1

接著來看看使用頻率很高的 aller（相當於英語的 go）與 venir（相當於英語的 come）。

aller 去 [ale]	venir 來 [v(ə)nir]
je vais [ʒ(ə) vε]	je viens [ʒ(ə) vjε̃]
tu vas [ty va]	tu viens [ty vjε̃]
il va [il va]	il vient [il vjε̃]
nous allons [nuzalɔ̃]	nous venons [nu v(ə)nɔ̃]
vous allez [vuzale]	vous venez [vu v(ə)ne]
ils vont [il vɔ̃]	ils viennent [il vjεn]

Où **va**-t-il ?   他要去哪裡？
[u vatil]

—Il **va** à la piscine avec ses enfants.   他要和孩子們去游泳池。
　[il va alapisin avεksezɑ̃fɑ̃]

Est-ce que vous **venez** des Etats-Unis ?   您來自美國嗎？
[ɛs k(ə) vu v(ə)ne dezetazyni]

—Non, je **viens** du Canada.   不，我來自加拿大。
　[nɔ̃ ʒ(ə) vjε̃ dy kanada]

—Non, je *viens* de France.[1]
[nɔ̃ ʒ(ə) vjɛ̃ də la frɑ̃s]

—Non, je *viens* de Lyon.
[nɔ̃ ʒ(ə) vjɛ̃ də ljɔ̃]

不，我來自法國。

不，我來自里昂。

1 ➡ de 為介系詞，意指「從～」，陰性國名（單數）若接續在 de 之後，則會省略定冠詞。
　　Elle revient *d'* Italie.　　　　她從義大利回來。
➡ 不過除此之外（陰性國名單數），在表示地點而非國名時，都要加上冠詞。
　　Elle revient *de* la banque.　　　她從銀行回來。

Aller 也能在平日打招呼時使用。(請見 p.82)

Comment ça *va* ?　　　　你好嗎？

—Ça *va*, merci. Et toi ?　　　－我很好。你呢？

Vos parents *vont* bien ?　　您父母都好嗎？

—Oui, ils *vont* bien.　　　　－他們很好。

(請見 p.82)

21.2 近未來時&近過去時 | futur proche et passé récent

　　近未來時是表示在不久的將來就會發生的事，近過去時則是表示不久之前才剛發生的事。特別是近未來時，在日常對話中使用的頻率非常高。

近未來時	aller＋動詞不定式	（接下來）正要做～
近過去時	venir de＋動詞不定式	才剛做了～

Je vais *partir*.
我等一下要出門。

Le cours *va commencer*.
這堂課快開始了。

21_2

Ils ne *vont* pas *rentrer*.
他們還不打算回家。

近未來時若用於表達時間，可以用於表示「較近的未來」或是在時序上
稍遠一點的未來（將發生的事）。

> Cet avion *va décoller* dans quelques‿instants.
> 這架飛機不久後就會起飛。
> Nous *allons rester* deux ou trois‿ans en France.
> 我們打算在法國待 2、3 年。

Patricia est là ?

帕特里夏在嗎？

—Non, elle *vient de sortir*.

－不在，她剛離開。

Mon fils *vient d'avoir* cinq ans.

我兒子剛滿五歲。

❶ 近過去時大多不用否定形表達。
❷ 只有在直陳式現在時及直陳式半過去時這二種時態，才有近未來時和
近過去時這兩種語法。 (p.218)

　雖然在近未來時與近過去時中，並未表現出動詞本身「去」、
「來」的語意，但 aller、venir 卻有一項表示「目的」的用法，和這兩
個動詞原本的語意很相似，這一點要特別注意。

aller＋不定式	去做（某事）
venir＋不定式	來做（某事）

Elle *va chercher* son mari à la gare.

她去車站接她的丈夫。

Elle *vient voir* sa fille une fois par mois.

她每個月來看她的女兒一次。

請試著比較下列例句。

Je *vais‿acheter* une maison, l'année prochaine.　〔近未來時〕
　　　　　　　　　　　　　　　　　　　　　　明年我要買房子。

Je *vais‿acheter* des fleurs.　　　　　　　　　　〔去做（某事）〕
　　　　　　　　　　　　　　　　　　　　　　我去買花。

Leçon 22

-ir 動詞的直陳式現在時

Les verbe: L'indicatif présent

22.1 -ir 動詞的變化／位（第二組規則動詞）

22_1

從動詞不定式拿掉字尾 -ir 之後，再接上此規則變化的字尾即可。

字尾		finir　　　結束 (fin**ir**)　　[finir]		choisir　　　選擇 (chois**ir**)　　[ʃwazir]	
je	-is [i]	je	fin**is** [ʒ(ə) fini]	je	chois**is** [ʒ(ə) ʃwazi]
tu	-is [i]	tu	fin**is** [ty fini]	tu	chois**is** [ty ʃwazi]
il	-it [i]	il	fin**it** [il fini]	il	chois**it** [il ʃwazi]
nous	-issons [isɔ̃]	nous	fin**issons** [nu finisɔ̃]	nous	chois**issons** [nu ʃwazisɔ̃]
vous	-issez [ise]	vous	fin**issez** [vu finise]	vous	chois**issez** [vu ʃwazise]
ils	-issent [is]	ils	fin**issent** [il finis]	ils	chois**issent** [il ʃwazis]

Nous *finissons* notre partie de tennis.　　　〔finir〕
[nu finisɔ̃ nɔtr parti də tenis]

我們結束一場網球比賽。

Choisissez-vous ce pantalon ?　　　〔choisir〕
[ʃwazisevu sə pɑ̃talɔ̃]

您選這件長褲嗎？

Les arbres fleurissent au printemps.　　　〔fleurir〕
[lezarbr flœris o prɛ̃tɑ̃]

樹在春天開花。

第二組規則動詞中，也有部分的動詞是由形容詞衍生而來。

grand → grandir	變大	rouge → rougir	變成紅色
vieile → vieillir	變老	jaune → jaunir	變成黃色
maigre → maigrir	變瘦	blond → blondir	變成金黃色

22.2 -ir 動詞的變化／位（不規則動詞）

22_2

partir 出發 (partir) [partir]		tenir 保持 (tenir) [t(ə)nir]		ouvrir 打開 (ouvrir) [uvrir]	
je	pars [ʒ(ə) par]	je	tiens [ʒ(ə) tjɛ̃]	j'	ouvre [ʒuvr]
tu	pars [ty par]	tu	tiens [ty tjɛ̃]	tu	ouvres [ty uvr]
il	part [il par]	il	tient [il tjɛ̃]	il	ouvre [iluvr]
nous	partons [nu partɔ̃]	nous	tenons [nu t(ə)nɔ̃]	nous	ouvrons [nuzuvrɔ̃]
vous	partez [vu parte]	vous	tenez [vu t(ə)ne]	vous	ouvrez [vuzuvre]
ils	partent [il part]	ils	tiennent [il tjɛn]	ils	ouvrent [ilzuvr]

Ils ne *partent* pas encore ? 〔 partir 〕
[il n(ə) part pa ɑ̃kɔr]

他們還沒出發嗎？

Tu *obtiens* toujours de bons résultats. 〔 obtenir 〕
[ty ɔptjɛ̃ tuʒur də bɔ̃ rezylta]

你總是拿到好成績。

Elle ouvre les rideaux. 〔 ouvrir 〕
[ɛluvr le rido]

她拉開窗簾。

➡ 動詞 ouvrir，和第一類規則動詞的變化相同。

23 疑問形容詞

　　用於詢問「什麼樣的？」、「什麼的？」、「哪一個？」的疑問形容詞，必須與其搭配之名詞的陰陽性、單複數一致，不僅可當形容詞使用，有時也具備代名詞的功能。

23_0

陽性單數	陰性單數	陽性複數	陰性複數
quel	quelle	quels	quelles
[kɛl]	[kɛl]	[kɛl]	[kɛl]

 當作形容詞用時

Quel livre lisez-vous ?　　　　　　您在看什麼書？
[kɛl livr lizevu]

Quelle heure est-il ?　　　　　　　現在幾點？
[kɛlœr etil]

Quels vêtements vas-tu acheter ?　　你要買什麼樣的衣服？
[kɛl vɛtmɑ̃ vaty aʃte]

> 也有搭配介系詞的用法
> **De quel** pays êtes-vous ?　　　　您是來自哪一個國家？
> **A quelle** heure partez-vous ?　　您幾點要出發？

2 當作代名詞用時

Quel est ton métier ?　　　　　　　你的職業是什麼？
[kɛlɛ tɔ̃ metje]

Quelles sont vos couleurs préférées ?　您喜歡的顏色是什麼？
[kɛl sɔ̃ vo kulœr prefere]

此類疑問形容詞有多種意思，也可以用來表示「誰」、「多少」之意。

Quel est ce monsieur ?　　　　　　　　這位先生是誰？

Quelle est la hauteur de cette tour ?　這座塔的高度是多少？

3 疑問形容詞也可以用在感嘆句。 (請見 p.281)

Quelle chaleur !　　　　　　　　　　天氣好熱！
[kɛl ʃalœr]

Quel film ennuyeux !　　　　　　　　好無聊的電影！
[kɛl filmɑ̃nɥijø]

quel 作為形容詞功能時，還可用來詢問年齡，請見以下例句：

問句	Vous avez **quel** âge ? [vuzave kɛlaʒ]	您今年幾歲？
	Quel âge est-ce que vous avez ? [kɛlaʒ ɛs k(ə) vuzave]	
	Quel âge avez-vous ? [kɛlaʒ ave vu]	

24 疑問副詞

接下來要介紹的是用於詢問「哪裡？」、「何時？」、「如何？」等狀態的疑問副詞（相當於英語的 where、when、how）。

où [u]	哪裡	**combien** [kɔ̃bjɛ̃]	多少	**comment** [kɔmɑ̃]	如何
quand [kɑ̃]	何時	**pourquoi** [purkwa]	為何		

Où est Sophie ?　　　　　　　　　　　蘇菲在哪裡？

—Elle est dans la cour.　　　　　　　　－她在院子裡。

Quand arrive-t-il ?　　　　　　　　　他什麼時候會到？

—Il arrive demain matin.　　　　　　　　－明天早上會到。

Comment voyagez-vous ?　　　　　　　你們打算以何種方式旅行？

—Nous voyageons en bateau.　　　　　　－我們打算搭船旅行。

Combien coûtent ces chaussures ?　　　這雙鞋子多少錢？

—Elles coûtent quarante euros.　　　　　－要 40 歐元。

Pourquoi ne mangez-vous pas ?　　　　您怎麼不吃呢？

—Parce que je viens de manger.　　　　　－因為我才剛吃過。

> 也有搭配介系詞的用法。
>
> ***Jusqu'où*** allez-vous ?　　　　你們最遠會到哪裡？
> — Jusqu'à Paris.　　　　　　　　－最遠到巴黎。
> ***Depuis quand*** habitez-vous ici ?　你們從什麼時候開始住在這裡？
> — Depuis deux‿ans.　　　　　　－兩年前。

用疑問副詞造疑問句時，一樣有 3 種模式，以下用 quand 來舉例：

問句	Vous partez **quand** ?	
	Quand est-ce que vous partez ?	你們什麼時候出發？
	Quand partez-vous ?	

Leçon

25 數詞與數量的表達

25.1 數詞

25_1

法文數詞的表達方式，對我們而言有些複雜且難以理解。首先就先從基數開始，請一邊唸出聲音，一邊抄寫拼字並記下這些單字。

1 基數

	基數　0〜19						
0	zéro [zero]						
1	un、une [œ̃] [yn]	6	six [sis]	11	onze [ɔ̃z]	16	seize [sɛz]
2	deux [dø]	7	sept [sɛt]	12	douze [duz]	17	dix-sept [disɛt]
3	trois [trwa]	8	huit [ɥit]	13	treize [trɛz]	18	dix-huit [dizɥit]
4	quatre [katr]	9	neuf [nœf]	14	quatorze [katɔrz]	19	dix-neuf [diznœf]
5	cinq [sɛ̃k]	10	dix [dis]	15	quinze [kɛ̃z]		

當數詞像形容詞一樣修飾名詞時，若遇到以母音或啞音 h 開頭的名詞，就會發生連音或連誦。接下來，我們就來看看若和字首為子音的名詞搭配使用，會發生什麼樣的變化。

un arbre
[œ̃narbr]

huit arbres
[ɥitarbr]

un jour
[œ̃ ʒur]

huit jours
[ɥi ʒur]

trois arbres
[trwazarbr]

neuf arbres
[nœfarbr]

trois jours
[trwa ʒur]

neuf jours
[nœf ʒur]

cinq arbres
[sɛ̃karbr]

dix arbres
[dizarbr]

cinq jours
[sɛ̃k ʒur]

dix jours
[di ʒur]

six arbres
[sizarbr]

douze arbres
[duzarbr]

six jours
[si ʒur]

douze jours
[duz ʒur]

❶ 文法的數字 1 和不定冠詞一樣，在陰性名詞前時要改成 une。

    un melon   1 個甜瓜   *une* pomme   1 個蘋果

❷ 5、6、8、10 若放在以子音開頭的名詞前時，字尾的子音不發音。
  但有時在日常會話中，5 的字尾子音會發音。

❸ 9 若放在 an（年）與 heure（小時）前，發音就不是 [nœf]，而是要連
  音，改發 [nœv] 的音。

    neuf ⌣ ans [nœvɑ̃]   9 歲   *neuf ⌣ heures* [nœvœr]   9 點

70 之後較為複雜，我們先將法文數字的規則整理成下列公式。

➤ 數字 21～69 的表達 → 例如：26＝20＋6   例如：43＝40＋3
➤ 數字 70～79 的表達 → 例如：70＝60＋10 例如：75＝60＋15
➤ 數字 80～99 的表達 → 例如：80＝4×20   例如：98＝4×20＋18

基數　20～99					
20	vingt [vɛ̃]	21	vingt et un [vɛ̃te œ̃]	22	vingt-deux [vɛ̃tdø]
30	trente [trɑ̃t]	31	trente et un [trɑ̃te œ̃]	32	trente-deux [trɑ̃tdø]
40	quarante [karɑ̃t]	41	quarante et un [karɑ̃te œ̃]	42	quarante-deux [karɑ̃tdø]
50	cinquante [sɛ̃kɑ̃t]	51	cinquante et un [sɛ̃kɑ̃te œ̃]	52	cinquante-deux [sɛ̃kɑ̃tdø]
60	soixante [swasɑ̃t]	61	soixante et un [swasɑ̃te œ̃]	62	soixante-deux [swasɑ̃tdø]
70	soixante-dix [swasɑ̃tdis]	71	soixante et onze [swasɑ̃te ɔ̃z]	72	soixante-douze [swasɑ̃tduz]
80	quatre-vingts [katrəvɛ̃]	81	quatre-vingt-un [katrəvɛ̃ œ̃]	82	quatre-vingt-deux [katrəvɛ̃dø]
90	quatre-vingt-dix [katrəvɛ̃dis]	91	quatre-vingt-onze [katrəvɛ̃ɔ̃z]	92	quatre-vingt-douze [katrəvɛ̃duz]

❶ 個位數為 1 的 21、31、41、51、61，在陰性名詞前要用 et une，在陽性名詞前用 et un。

    vingt *et un* stylos　21 支筆

    vingt *et une* gommes　21 個橡皮擦

❷ vingt 為數字 20 之意，字尾的子音 -t 是不發音的，但 22～29 要輕輕地發出 -t 的音。

❸ 像 80（quatre-vingts）這類數字，在 vingt 前有乘數（quatre），但無尾數時，vingt（20）就要在字尾加上代表複數的 -s，但若像 81～99 有尾數時，字尾不加 -s。

基數　100～10 000 000			
100	cent [sɑ̃]	101	cent un [sɑ̃ œ̃]
300	trois cents [trwa sɑ̃]	318	trois cent dix-huit [trwa sɑ̃ dizɥit]
1 000	mille [mil]	7 300	sept mille trois cents [sɛt mil trwa sɑ̃]
10 000	dix mille [di mil]	52 400	cinquante-deux mille quatre cents [sɛ̃kɑ̃tdø mil katr sɑ̃]
100 000	cent mille [sɑ̃ mil]	980 000	neuf cent quatre-vingt mille [nœf sɑ̃ katrəvɛ̃ mil]
1 000 000	un million [œ̃ miljɔ̃]	3 000 000	trois millions [trwa miljɔ̃]
10 000 000	dix millions [di miljɔ̃]	30 000 020	trente millions vingt [trɑ̃t miljɔ̃ vɛ̃]

❶ cent 為數字 100 之意。但像是 200 的 deux cents 這種在 cent 前面有 1 以後的數字（如 2，3，4…等）以表示其他百位時，cent 就要加上 -s，但若有個位數，而非整數時，則不加 -s。

❷ mille 不會產生任何變化。

❸ 表示 100 萬以上的 million、milliard、billion 等都是名詞，若前面有 1 以後的數字時，就算有個位數仍要加上代表複數的 -s。另外，若放在名詞前修飾名詞時，就要在兩者之間加 de，但如果有個位數則不需加 de。

    quatre millions *d'*euros   400 萬歐元

    quatre millions cinq cent mille euros   450 萬歐元

2 序數：「第一～」、「第二～」等表示順序的序數表達如下（部分序數除外）。

基數＋ième＝序數			
序數　1er～100e（第1～第100）			
1^{er (ere)}	premier, première [prəmje] [prəmjɛr]	11^e	onzième [ɔ̃zjɛm]
2^e	deuxième, second(e) [døzjɛm] [s(ə)gɔ̃(d)]	17^e	dix-septième [disɛtjɛm]
3^e	troisième [trwazjɛm]	19^e	dix-neuvième [diznœvjɛm]
4^e	quatrième [katrijɛm]	20^e	vingtième [vɛ̃tjɛm]
5^e	cinquième [sɛ̃kjɛm]	21^e	vingt et unième [vɛ̃teynjɛm]
6^e	sixième [sizjɛm]	30^e	trentième [trɑ̃tjɛm]
7^e	septième [sɛtjɛm]	70^e	soixante-dixième [swasɑ̃t dizjɛm]
8^e	huitième ['ɥitjɛm]	71^e	soixante et onzième [swasɑ̃te ɔ̃zjɛm]
9^e	neuvième [nœvjɛm]	81^e	quatre-vingt-unième [katrvɛ̃ynjɛm]
10^e	dixième [dizjɛm]	100^e	centième [sɑ̃tjɛm]

➡ 1er 若在陰性名詞之前要用 première。

le premier jour 第 1 天　　***la première* rue** 第 1 條街

➡ 2e 也可以只用 second(e) 表示。

***le second* chapitre** 第 2 章　***la seconde* jeunesse** 第 2 次的青春

➡ 基數的字尾若為 -e，則先拿掉 -e 再加上 -ième。

quatre 　→　quatr***ième*** 第 4　　　　douze 　→　douz***ième*** 第 12

➡ 5e 是先在字尾加上 -u，再加上 -ième；9e 則是將字尾的 -f 改為 -v，再加上 -ième。

cinq 　→　cinq***uième*** 第 5　　　neuf 　→　neu***vième*** 第 9

25.2 數量的表達

1 要表示大概的數量、程度時，要用＜數量副詞＋de＋無冠詞的名詞＞

beaucoup de [boku də] 許多的	Ils ont ***beaucoup d'***amis. [ilzɔ̃ boku dami] 他們有很多朋友。
un peu de [œ̃ pø də] 少許的	Je mange ***un peu de*** champignons. [ʒə mɑ̃ʒ œ̃ pø də ʃɑ̃piɲɔ̃] 我吃一點蘑菇。
peu de [pø də] 不多，少的	Mon père gagne ***peu d'***argent. [mɔ̃ pɛr gaɲ pø darʒɑ̃] 我的父親錢賺得不多。
assez de [ase də] 足夠的	Tu as ***assez de*** temps ? [ty as ase də tɑ̃] 你有足夠的時間嗎？
trop de [tro də] 太多的	Il y a ***trop de*** gens ici. [ili ja tro də ʒɑ̃ isi] 這裡人太多了。
combien de [kɔ̃bjɛ̃ də] 多少	***Combien de*** frères avez-vous ? [kɔ̃bjɛ̃ də frɛr avevu] 您有幾位兄弟？

➡ 無冠詞的名詞，若為可數名詞就要用複數形，若為不可數名詞則就要用單數形。

➡ 若為可數名詞，則除了用上述數量副詞外，也會用 quelques「數個～」。(請見 p.212)

2 表示數量的單位，要用＜表示數量單位的名詞＋de＋無冠詞的名詞＞

un kilo de [œ̃ kilo də] 1 公斤的	***deux kilos d'***oranges [dø kilo dɔrɑ̃ʒ] 2 公斤的橘子
une livre de [yn livr də] 1 磅的	***une livre de*** farine [yn livr də farin] 1 磅的麵粉

un litre de [œ̃ litr də] 1 公升的	**trois litres d'**eau [trwa litr do] 3 公升的水
un verre de [œ̃ vɛr də] （玻璃杯）1 杯的	**un verre de** vin blanc [œ̃ vɛr də vɛ̃ blɑ̃] 1 杯白酒
une tranche de [yn trɑ̃ʃ də] 1 片的、薄片的	**cinq tranches de** jambon [sɛ̃k trɑ̃ʃ də ʒɑ̃bɔ̃] 5 片火腿
un paquet de [œ̃ pakɛ də] 一包的、1 袋的	**quatre paquets de** bonbons [katr pakɛ də bɔ̃bɔ̃] 4 袋糖果

時間的表達（1）

Leçon 26

這一課要介紹的是有關時間、星期、日期等在日常生活中不可或缺的時間表達方式。

26.1 時間（幾點幾分）

26_1

法文要表示時間，有 12 小時制與 24 小時制兩種表達方式。不管哪一種時制都是用非人稱句型的 <il est ~ heure(s)...> 「～時…分」表示。(p.167)

時刻	12 小時制	24 小時制
7h05	Il est sept heures cinq. [ile sɛtœr sɛk] 7 點 5 分。	Il est sept heures cinq. [ile sɛtœr sɛk] 7 點 5 分。
8h15	Il est huit heures et quart. [ile ɥitœr ɛ kar] 8 點一刻。	Il est huit heures quinze. [ile ɥitœr kɛ̃z] 8 點 15 分。
8h30	Il est huit heures et demie. [ile ɥitœr ɛ dəmi] 8 點半。	Il est huit heures trente. [ile ɥitœr trɑ̃t] 8 點 30 分。
8h45	Il est neuf heures moins le quart. [ile nœvœr mwɛ̃ lə kar] 差一刻鐘 9 點。	Il est huit heures quarante-cinq. [ile ɥitœr karɑ̃t sɛk] 8 點 45 分。
8h50	Il est neuf heures moins dix. [ile nœvœr mwɛ̃ dis] 差 10 分 9 點。	Il est huit heures cinquante. [ile ɥitœr sɛkɑ̃t] 8 點 50 分。
9h00	Il est neuf heures（du matin）. [ile nœvœr (dy matɛ̃)] （上午）9 點。	Il est neuf heures. [ile nœvœr] 9 點。
12h00	Il est midi. [ile midi] 中午。	Il est douze heures. [ile duzœr] 12 點。

時刻	12 小時制	24 小時制
13h01	Il est une heure une. [ile ynœr yn] （下午）1 點 1 分。	Il est treize heures une. [ile trɛzœr yn] 13 點 1 分。
21h00	Il est neuf heures（du soir）. [ile nœvœr (dyswar)] （晚上）9 點。	Il est vingt et une heure. [ile vɛ̃te ynœr] 21 點。
24h00	Il est minuit. [ile minɥi] 午夜12 點。	Il est vingt-quatre heures. [ile vɛ̃tkatrœr] 24 點。

26.2 季節、年、月、日

26_2

1 年：表達「在～年」要用介系詞 en。

Tu es né(e) **en** quelle année ?
[ty e ne ɑ̃ kɛlane]

你是在哪一年出生的？

— **En 1990** (mille neuf cent quatre-vingt-dix).

[ɑ̃ mil nœf sɑ̃ katrəvɛ̃ dis]

—於 1990 年。

2 季節：季節全部都是陽性名詞。除了字首為子音的「春季」要加上 **au** 表示「在～季」之外，其餘字首為母音或啞音 h 的「夏季、秋季、冬季」都要加 en。

printemps [prɛ̃tɑ̃]	春	automne [otɔn]	秋
été [ete]	夏	hiver [ivɛr]	冬

Allez-vous visiter l'Europe **au printemps** ?
[ale vu vizite lørɔp o prɛ̃tɑ̃]

您春天要去歐洲遊覽嗎？

Nous allons voyager au Japon **en été**.
[nuzalɔ̃ vwajaʒe o ʒapɔ̃ ɑ̃nete]

我們夏天要去日本旅行。

3 月份：表達「在～月」時要加上 en 或是 au mois de。

janvier [ʒɑ̃vje]	1 月	mai [mɛ]	5 月	septembre [sɛptɑ̃br]	9 月
février [fevrije]	2 月	juin [ʒɥɛ̃]	6 月	octobre [ɔktɔbr]	10 月
mars [mars]	3 月	juillet [ʒɥijɛ]	7 月	novembre [nɔvɑ̃br]	11 月
avril [avril]	4 月	août [u(t)]	8 月	décembre [desɑ̃br]	12 月

Elles viennent à Paris *en avril*.
[ɛl vjɛna paris ɑ̃navril]

她們 4 月要來巴黎。

Les travaux commencent *au mois d'octobre*.
[le travo kɔmɑ̃s o mwa dɔktɔbr]

工程 10 月開始進行。

4 星期：「星期」全部都是陽性名詞，不需加介系詞。

lundi [lœ̃di]	星期一	vendredi [vɑ̃drədi]	星期五
mardi [mardi]	星期二	samedi [samdi]	星期六
mercredi [mɛrkrədi]	星期三	dimanche [dimɑ̃ʃ]	星期日
jeudi [ʒødi]	星期四		

On est quel jour ?　　　　　　　　　今天星期幾？
[ɔne kɛl ʒur]

—On est jeudi.　　　　　　　　　　星期四。
[ɔne ʒødi]

在各星期前加上定冠詞 le，就是「每週～」的意思。
Il part à Milan *dimanche*.　　　　他週日出發去米蘭。
Il va à l'église *le dimanche*.　　　他每週日去教會。

5 日期：前面加上定冠詞 le，「1 日」要用序數，「2 日」之後用基數。

On est le combien ?
[ɔne lə kɔ̃bjɛ̃]

今天是幾月幾日？

—On est *le 1er novembre*.
[ɔne lə prəmje nɔvɑ̃br]

11 月 1 日。

Son anniversaire est *le 23 mai*.
[sɔnaniverser e lə vɛ̃trwa mɛ]

他（她）的生日是 5 月 23 日。

法文「年月日」的順序和中文是相反的。
le 11 juillet 2010　　2010 年 7 月 11 日

26.3 頻率

26_3

頻率	副詞（片語）	例句
＋＋＋＋＋	toujours [tuʒur] 總是	Vous êtes *toujours* à l'heure. 您總是很守時。
＋＋＋＋	souvent [suvɑ̃] 常常	Tu es très *souvent* absent. 你常常缺席。
＋＋＋	de temps en temps [də tɑ̃zɑ̃ tɑ̃] 有時	On va *de temps en temps* au cinéma. 我們有時去看電影。
	parfois [parfwa] 有時	On va *parfois* au théâtre. 我們有時會去看戲。
	quelquefois [kɛlkəfwa] 偶爾	On va *quelquefois* à l'opéra. 我們偶爾會去看歌劇。
＋	rarement [rarmɑ̃] 不常	Elle vient *rarement* chez moi. 她不常來我們家。

➡ 否定形 ne ~ jamais「一次也沒有～」也表示頻率。（請見 p.214）

Leçon

Les verbes: L'indicatif présent

27

-re 動詞的 直陳式現在時

27.1 -re 動詞的變化／位（不規則動詞）

27_1

這組動詞全都是不規則動詞。由於形態既多且複雜，請以邊唸邊抄寫的方式來記。

attendre 等待 [atɑ̃dr]	prendre 拿 [prɑ̃dr]	éteindre 熄滅（火） [etɛ̃dr]
j' atten**ds** [ʒatɑ̃]	je pren**ds** [ʒə prɑ̃]	j' étein**s** [ʒetɛ̃]
tu atten**ds** [tyatɑ̃]	tu pren**ds** [typrɑ̃]	tu étein**s** [tyetɛ̃]
il atten**d** [ilatɑ̃]	il pren**d** [il prɑ̃]	il étein**t** [iletɛ̃]
nous atten**dons** [nuzatɑ̃dɔ̃]	nous pren**ons** [nu prənɔ̃]	nous éteign**ons** [nuzeteɲɔ̃]
vous atten**dez** [vuzatɑ̃de]	vous pren**ez** [vu prəne]	vous éteign**ez** [vuzeteɲe]
ils atten**dent** [ilzatɑ̃d]	ils pren**nent** [il prɛn]	ils éteign**ent** [ilzeteɲ]

Tu ***attends*** ta mère depuis combien de temps ?　　　〔 attendre 〕
你等媽媽多久了？

Quand est-ce que vous ***prenez*** votre congé ?　　　〔 prendre 〕
您什麼時候休假？

faire 做出 [fɛr]	dire 說 [dir]	lire 閱讀 [lir]	rire 笑 [rir]
je fais [ʒə fɛ]	je dis [ʒə di]	je lis [ʒə li]	je ris [ʒə ri]
tu fais [ty fɛ]	tu dis [ty di]	tu lis [ty li]	tu ris [ty ri]
il fait [il fɛ]	il dit [il di]	il lit [il li]	il rit [il ri]
nous faisons [nu fəzɔ̃]	nous disons [nu dizɔ̃]	nous lisons [nu lizɔ̃]	nous rions [nu rijɔ̃]
vous faites [vu fɛt]	vous dites [vu dit]	vous lisez [vu lize]	vous riez [vu rije]
ils font [il fɔ̃]	ils disent [il diz]	ils lisent [il liz]	ils rient [il ri]

Il *lit* toujours des romans policiers.　　　　　　　　〔 lire 〕

他總是閱讀推理小說。

Est-ce que vous *faites* souvent des gâteaux ?　　　〔 faire 〕

您經常做蛋糕嗎？

❶ 試著比較一下 faire 與 jouer。
　　Je fais *du* tennis.　=　Je joue *au* tennis. 我打網球。
　　Je fais *du* piano.　=　Je joue *du* piano. 我彈鋼琴。
❷ nous faisons [nu fəzɔ̃] 屬於例外的發音。

mettre 放置 [mɛtr]	connaître 知道 [kɔnɛtr]	plaire 使喜歡 [plɛr]	vivre 活著 [vivr]
je mets [ʒə mɛ]	je connais [ʒə kɔnɛ]	je plais [ʒə plɛ]	je vis [ʒə vi]
tu mets [ty mɛ]	tu connais [ty kɔnɛ]	tu plais [ty plɛ]	tu vis [ty vi]
il met [il mɛ]	il connaît [il kɔnɛ]	il plaît [il plɛ]	il vit [il vi]
nous mettons [nu metɔ̃]	nous connaissons [nu kɔnesɔ̃]	nous plaisons [nu plezjɔ̃]	nous vivons [nu vivɔ̃]
vous mettez [vu mete]	vous connaissez [vu kɔnese]	vous plaisez [vu pleze]	vous vivez [vu vive]
ils mettent [il mɛt]	ils connaissent [il kɔnɛs]	ils plaisent [il plɛz]	ils vivent [il viv]

Je **mets** la télécommande sur la table.　　　〔 mettre 〕
我把搖控器放在桌上。

Vous **connaissez** Monsieur Duval ?　　　〔 connaître 〕
您認識杜瓦爾先生嗎？

L'addition, s'il vous **plaît** !　　　〔 plaire 〕
（我）要結帳，麻煩您。

Ils **vivent** dans l'aisance.　　　〔 vivre 〕
他們生活過得很富裕。

écrire 寫	conduire 駕駛	boire 喝	croire 相信
[ekrir]	[kɔ̃dɥir]	[bwar]	[krwar]
j' écris	je conduis	je bois	je crois
[ʒekri]	[ʒə kɔ̃dɥi]	[ʒə bwa]	[ʒə krwa]
tu écris	tu conduis	tu bois	tu crois
[tyekri]	[ty kɔ̃dɥi]	[ty bwa]	[ty krwa]
il écrit	il conduit	il boit	il croit
[ilekri]	[il kɔ̃dɥi]	[il bwa]	[il krwa]
nous écrivons	nous conduisons	nous buvons	nous croyons
[nuzekrivɔ̃]	[nu kɔ̃dɥizɔ̃]	[nu byvɔ̃]	[nu krwajɔ̃]
vous écrivez	vous conduisez	vous buvez	vous croyez
[vuzekrive]	[vu kɔ̃dɥize]	[vu byve]	[vu krwaje]
ils écrivent	ils conduisent	ils boivent	ils croient
[ilzekriv]	[il kɔ̃dɥiz]	[il bwav]	[il krwa]

David **écrit** très mal.　　　〔 écrire 〕
大衛的字寫得很醜。

Vous **buvez** quelque chose ?　　　〔 boire 〕
您要喝點什麼嗎？

Quel film est-ce qu'il **produit** ?　　　〔 produire 〕
他在製作哪部電影？

強調形人稱代名詞

　　關於人稱代名詞，我們在第 10 課已經學過作為動詞主詞的主詞人稱代名詞的用法，本課暫且撇開動詞不管，來看看作用相當於名詞的**強調形人稱代名詞**。

人稱	單數		複數	
第一人稱	**moi** [mwa]	我	**nous** [nu]	我們
第二人稱	**toi** [twa]	你	**vous** [vu]	您 你們
第三人稱	**lui** [lɥi]	他	**eux** [ø]	他們
	elle [ɛl]	她	**elles** [ɛl]	她們

➡ 主詞為不定代名詞（on、chacun 等）或集合名詞時，強調形人稱代名詞要用 soi。（請見 p.213）

　　Chacun rentre chez **soi**.　　大家各自回家。

以下就來看何時會需要用到「強調形人稱代名詞」。

28_0

1 要強調主詞時

Lui, il a vingt-six ans, et *toi* ?　　他（呀），他 26 歲，那你呢？
—*Moi*, j'ai trente ans.　　－我（呀），我 30 歲。

2 主詞補語：置於 c'est 之後

Qui a les billets, c'est Cyril ?　　車票在誰那裡？西里爾嗎？
—Non, c'est pas *lui*, c'est *moi*.　　－不，不在他那裡，在我這裡。
　（＝ce n'est pas lui）

Qui est là ?	請問是哪位？
—C'est **nous**.	－是我們。

➡ 使用複數形的 eux、elles 時，通常會用 ce sont eux 表示，但實際上也會用 c'est eux、c'est elles 表達。

③ 置於介系詞之後

Tu vas chez tes amis avec Julie ?	妳要和茱莉一起去妳朋友家嗎？
—Non, je ne vais pas chez **eux** avec **elle**.	
—不，我沒有要跟她去他們家。	

Ce portable est à **vous** ?	這支手機是您的嗎？

Il est furieux contre **vous** ?	他對你們大發雷霆嗎？

④ 比較、限定：放在 comme、que、ne ~ que 之後

Elle est habillée comme **moi**.	她和我穿一樣的衣服。

Il est plus riche que **nous**.	他比我們更有錢。

Je n'aime que **toi**.	我只愛你。

⑤ 回答對方的肯定句、否定句：搭配 aussi、non plus 等

J'adore le chocolat.	我喜歡巧克力。
—**Moi** aussi.	－我也是。
—**Moi**, non.	－我不喜歡（巧克力）。

Je n'aime pas le café.	我不喜歡咖啡。
—**Moi** non plus.	－我也不喜歡。
—**Moi**, si.	－我喜歡（咖啡）。

Elle ne fume pas.   她不抽煙。

—*Lui* non plus.   —他也不抽煙。

6 表達「～自己」

<強調形人稱代名詞 -même>			
moi-même	我自己	nous-mêmes	我們自己
toi-même	你自己	vous-même(s)	您自己；你們自己
lui-même	他自己	eux-mêmes	他們自己
elle-même	她自己	elles-mêmes	她們自己

Mon neveu de sept ans fait la vaisselle *lui-même*.

我 7 歲的侄子自己洗碗。

➡ 若搭配第三人稱代名詞的 soi 時，則為 soi-même。

> 從 29 課開始，除了詞類變化或必要的例句之外，將
> 不再附上〔音標〕。不過到 38 課之前，單字間若產
> 生連音仍舊會加上代表連音的符號（‿）。

29

L'expression de la comparaison

比較的表達

接著我們要來看法國人如何用法文來表達比較。

29.1 比較級 | comparatif

詞性 比較級	形容詞	副詞	動詞	名詞
優等比較級 比～多	plus＋形＋que [ply]	plus＋副＋que [ply]	動＋plus＋que [ply]	plus de＋名＋que [ply 或 plys]
同程度比較級 一樣～	aussi＋形＋que [osi]	aussi＋副＋que [osi]	動＋autant＋que [otɑ̃]	autant＋名＋que [otɑ̃]
劣等比較級 比～少	moins＋形＋que [mwɛ̃]	moins＋副＋que [mwɛ̃]	動＋moins＋que [mwɛ̃]	moins de＋名＋que [mwɛ̃ də]

➡ 在句子中有很明顯的比較語意時，que「比～」可省略。

1 搭配形容詞時

Jean est *plus* ‿ âgé *que* Michel.　　　　Jean 比蜜雪兒年長。　　29_1
Alice est *aussi* âgée *que* Michel.　　　　愛麗絲和蜜雪兒同年。
Simon est *moins* ‿ âgé *que* Michel.　　　西門比蜜雪兒年幼。

➡ 形容詞要與名詞、代名詞的陰陽性、單複數一致。

2 搭配副詞時

Elle parle *plus* vite *que* sa mère.　　　　她說話說得比她媽媽還快。
Elle parle *aussi* doucement *que* sa mère.　她和她媽媽一樣說話輕聲細語。
Elle parle *moins* fort *que* sa mère.　　　她說話比她媽媽小聲。

3 搭配動詞時

Mon frère joue *plus que* moi.　　　　　　我弟弟比我愛玩。

Mon frère lit *autant que* moi.　　　　我弟弟和我一樣愛看書。

Mon frère dépense *moins que* moi.　　我弟弟花的錢比我少。

4 搭配名詞時

Il a *plus d'*amis que toi.　　　　　　他的朋友比你多。

Il a *autant de* patience *que* vous.　　他和您一樣有耐心。

Il a *moins de* vêtements *qu'*elle.　　他的衣服比她的少。

29.2 最高級 | superlatif

最高級 ＼ 詞性	形容詞	副詞	動詞	名詞
優等最高級（在～之中）最多	le plus＋形＋de（le, la, les）	le plus＋副＋de	動＋le plus [lə plys]	le plus de＋名
劣等最高級（在～之中）最少	le moins＋形＋de（le, la, les）	le moins＋副＋de	動＋le moins [lə mwɛ̃]	le moins de＋名

➡ 若句子有明顯的比較語意時，de「在～之中」可省略。

➡ 最高級中，除了形容詞以外，副詞、動詞、名詞的定冠詞通常都是用 le。

1 搭配形容詞時

29_2

(a) 當作主詞的補語使用時，如下所示。

Marc est *le plus* grand *de* la classe.

馬克是班上最高的。

Estelle est *la moins* grande *de* sa famille.

艾斯特爾是她家最矮的。

(b) 若在句中作為修飾名詞的形容詞，會因位置不同而有下列二種用法。

Le vin est la boisson *la plus* connue *de* la France.

葡萄酒是法國最為人熟知的飲料

C'est *la plus* vieille maison *de* cette ville.

（＝C'est la maison *la plus* vieille *de* cette ville.）

這是這個城市最古老的房子。

也可以用「所有格形容詞」代替定冠詞，表示最高級。
C'est *ma plus* belle bague.　　　　　那是我最美的戒指。

2 搭配副詞時

C'est David qui déjeune *le plus* rapidement *des* cinq.

大衛是在這五個人之中吃午餐最快的。

C'est Fanny qui court *le moins* vite *de* ses‿amies.

芬妮是在她朋友之中跑得最慢的。

3 搭配動詞時

C'est ma femme qui gagne *le plus*.

我的妻子錢賺得最多。

C'est mon mari qui travaille *le moins*.

我的丈夫工作最少。（工作量最少）

4 搭配名詞時

C'est moi qui ai *le plus de* livres.

是我擁有最多的書。

C'est toi qui as *le moins de* chance.

是你運氣最差。

➡ 以上最高級的 (2)、(3)、(4) 可與關係代名詞 qui 或強調語法的 c'est ~ qui... 搭配使用。(請見 p.199、204)

29.3 特殊形態的比較級與最高級

詞性	原形		比較級	最高級
形容詞	petit	（矮）小的	moindre plus petit	定冠詞＋moindre 定冠詞＋plus petit
	mauvais	壞的	pire plus mauvais	定冠詞＋pire 定冠詞＋plus mauvais
	bon	好（吃）的	meilleur	定冠詞＋meilleur
副詞	bien	好地	mieux	le mieux

> petit 和 mauvais 二字的比較級中，moindre、pire 是用在語意較抽象或比喻性的句子裡，一般都還是依照基本規則，多使用 plus petit、plus mauvais 表達。
>
> La pollution est *pire* qu'autrefois.　　汙染比以前更嚴重。

Cécile est *plus petite* que toi.

塞西爾比你矮。

En chimie, elle est *la plus mauvaise* élève de la classe.

在化學課，她是班上表現最差的學生。

29_3

La tarte aux pommes est bonne, mais la tarte aux myrtilles

est *meilleure*.

蘋果餡餅很好吃，不過藍莓餡餅更好吃。

C'est George qui écrit *le mieux*.

喬治是字寫得最好的一位。

1 比較級的強調用法

| un peu
少許，一點點

beaucoup
遠比~得多

bien
遠比~得多 | plus
moins (que)
mieux | C'est _*un peu moins* cher.
這個比較便宜一點。
Je vais *beaucoup mieux qu*'hier.
我的身體狀況比昨天好多了。
Elle est *bien meilleure que* sa sœur.
她比姐姐優秀多了。 |

2 階段性的比較級用法：（越來越~）

de plus en plus 越來越~、逐漸地	La vie en France augmente *de plus _ en plus*. 法國的物價越來越高。
de moins en moins 越來越少	Je parle de *moins _ en moins* avec lui. 我越來越少和他講話。
de mieux en mieux 越來越好	Elle joue *de mieux _ en mieux* du piano. 她的鋼琴越彈越好。

3 平行結構的比較級用法：（越~，就越~）

Plus..., plus (moins)~ 越~，就更~（更不~）	*Plus* l'examen approche, *plus* je travaille. 距離考試越近，我就更用功唸書。
Autant..., autant ~ ~，卻~	*Autant* il est bon en _ anglais, *autant* il est nul en français. 他的英文能力好，法文能力卻很差。
Moins..., moins (plus)~ 越不~就越不~（越~）	*Moins* mon _ enfant rentre, *plus* je suis _ inquiète. 孩子越不回家，我就越擔心。

Les verbes: L'indicatif présent

Leçon 30
-oir 動詞的直陳式現在時

本課將介紹最後一類動詞：-oir 動詞。

30.1 -oir 動詞的變化／位（不規則動詞）

30_1

vouloir 想要～	pouvoir 能夠～	savoir 懂得～	devoir 必須～
[vulwar]	[puvwar]	[savwar]	[dəvwar]
je veux	je peux	je sais	je dois
[ʒə vø]	[ʒə pø]	[ʒə sɛ]	[ʒə dwa]
tu veux	tu peux	tu sais	tu dois
[ty vø]	[ty pø]	[ty sɛ]	[ty dwa]
il veut	il peut	il sait	il doit
[il vø]	[il pø]	[il sɛ]	[il dwa]
nous voulons	nous pouvons	nous savons	nous devons
[nu vulɔ̃]	[nu puvɔ̃]	[nu savɔ̃]	[nu d(ə)vɔ̃]
vous voulez	vous pouvez	vous savez	vous devez
[vu vule]	[vu puve]	[vu save]	[vu d(ə)ve]
ils veulent	ils peuvent	ils savent	ils doivent
[il vœl]	[il pœv]	[il sav]	[il dwav]

1 以上這四個動詞，經常放在不定式（l'infinitif）之前。

Je *veux aller* à Marseille.　　　　　　　〔vouloir〕
我想去馬賽。
Tu *peux lire* sans lunettes?　　　　　　　〔pouvoir〕
你沒戴眼鏡能看得到嗎？

Il ne *peut* pas *sortir* aujourd'hui ?　　　　　　〔 pouvoir 〕

他今天不能出門嗎？

Savez-vous *parler* espagnol ?　　　　　　〔 savoir 〕

您會說西班牙語嗎？

Ils *doivent prendre* le train de sept heures.　　〔 devoir 〕

他們必須要搭乘七點的那班火車。

❶ 和 vouloir 一樣表示意願、慾望的動詞，還有 désirer、souhaiter、espérer 等動詞。

Elle *désire* travailler à l'étranger.

她想去國外工作。

❷ pouvoir 的第一人稱單數（je）的倒裝形態（用來表示疑問句），不是用 peux-je?，而是用 puis-je?。

Puis-je entrer? (= Est-ce que *je peux* entrer?)

我可以進去了嗎？

❸ 請特別注意表示能力的 savoir「懂得」與表示可能性的 pouvoir「能夠」兩者之間的差異。

Je *sais* conduire. Mais je ne *peux* pas conduire ce soir parce que je suis un peu ivre.

我會開車（懂得如何開車）。但今晚不能開車（不行開車），因為我有點醉。

2 除了 **pouvoir** 以外，其他三個動詞（**vouloir, savoir, devoir**）後面可以接名詞。

Elle *veut* un collier pour son‿anniversaire.

她生日時想要一條項鍊。

Tu *dois* deux cents‿euros à Laurent ?

你欠羅弘 200 歐元嗎？

Est-ce que vous *savez* ses poèmes par cœur ?

他的詩您都背起來了嗎？

31

非人稱句型

　　句子不以「你、他、那個」等等人稱當主詞，而是用 il 來當作形式上的主詞，即＜非人稱的主詞 il＋動詞（第三人稱單數）＞，像這樣的句型，就稱為「非人稱句型」。

原本的 非人稱動詞	亦即固定只會用在非人稱句型的動詞。所以動詞就只會用到第三人稱單數的變位。	falloir、pleuvoir、 neiger、venter...等
轉化而來的 非人稱動詞	亦即暫時用在非人稱句型中的「一般動詞」。	être、arriver、 faire、venir... 等

31_0

1 表示存在：＜**il y a~**＞「有～」

Dans ma chambre, *il y a* un canapé moderne.
我的房間裡有個時髦的沙發。

2 表示時間：＜**il est ~ heure(s)**＞「在～點」

Vous avez l'heure ?（＝Quelle heure est-il ?）
現在幾點？
—*Il est onze heures* juste.
－正好 11 點。

3 表示天氣：**faire**「做、製作」在用於表示天候時，為非人稱動詞。

Quel temps *fait-il* ?
今天的天氣如何？
— *Il* va pleuvoir.
－快下雨了

＜il fait＋形容詞＞	＜il＋非人稱動詞＞	＜il y a＋名詞＞
Il fait beau. 天氣很好。	**Il** pleut. 下雨。	**Il y a** du soleil. 有太陽。
Il fait mauvais. 天氣不好。	**Il** neige. 下雪。	**Il y a** des nuages. 有雲。
Il fait chaud. 天氣很熱。	**Il** vente. 刮風。	**Il y a** du vent. 有風。
Il fait froid. 天氣很冷。	**Il** tonne. 打雷。	**Il y a** du brouillard. 有霧。

4 falloir：＜il faut＋動詞不定式、名詞＞「不得不～」、「需要～」

> **Il faut** partir demain.
>
> 明天得出發。
>
> **Il faut** trente minutes à pied pour aller à l'école.
>
> 走路到學校要花 30 分鐘。

5 句子中有真主詞的句型

(a) ＜il est＋形容詞＋de＋不定式＞句型中，il 為虛主詞，而真主詞則為「de＋不定式」。

> **Il est** important de lire les journaux.
>
> 閱讀新聞是一件很重要的事。
>
> **Il est** interdit de stationner ici.
>
> 禁止在此停車。
>
> **Il n'est pas** nécessaire de présenter des documents.
>
> 沒有提交文件的必要。

(b) 此類句型較常與 arriver、rester 等不及物動詞連用，虛主詞為 il，真主詞則放在句子後面。

> **Il arrive** une chose étrange.（＝Une chose étrange arrive.）
>
> 發生了一件很奇怪的事。
>
> **Il vient** beaucoup de monde.（＝Beaucoup de monde viennent.）
>
> 許多人來到這裡。

疑問代名詞

疑問代名詞有兩種，一種會隨陽性、單複數而變化，另一種則不會。

32.1 疑問代名詞 1：不隨陰陽性、單複數產生變化

詢問「誰？」、「什麼？」時所使用的疑問代名詞，主要是用於詢問「人物」或「事物」，這類代名詞根據在句中的作用分為下列用法。

對象 作用	人物	事物
主詞	Qui / Qui est-ce qui } 誰（是）～	Qu'est-ce qui } 什麼（是）～
直接受詞	Qui / Qui est-ce que }（把）誰～	Que / Qu'est-ce que }（把）什麼～
主詞補語	Qui } ～是誰	Que / Qu'est-ce que } ～是什麼
間接受詞	介系詞＋qui （à qui「對誰」等用法）	介系詞＋quoi （à quoi「關於什麼」等用法）
狀態補語	介系詞＋qui est-ce que （avec qui「和誰」等用法）	介系詞＋quoi est-ce que （avec quoi「和什麼」等用法）

1 詢問「主詞」時：動詞要用第三人稱單數

32_1

Qui chante ?
Qui est-ce qui chante ? }

Qu'est-ce qui sonne ? }

誰在唱歌？

什麼東西在響？

—C'est Béatrice.

—C'est le téléphone.

－是貝阿特莉絲。

－是電話。

詢問「直接受詞」時

Qui attendez-vous ?

Qui est-ce que vous‿attendez ?

Vous‿attendez **qui** ?

您在等誰？

—J'attends mes clients.

－我在等我的客人。

Que cherchez-vous ?

Qu'est-ce que vous cherchez ?

Vous cherchez **quoi** ?

您在找什麼？

—Je cherche mes clés.

－我在找我的鑰匙。

> 在下列的用法中，不是問「（把）什麼～」而是「什麼（是）（在）～」
> **Qu'est-ce qu'** il y a dans ce carton?　這個紙箱裡有什麼？

3 詢問「主詞」時

Qui est cette dame ?

Cette dame est **qui** ?

這位女士是誰？

—C'est ma tante.

－這是我的姑姑。

Que veut-il être ?

Qu'est-ce qu'il veut être ?

Il veut être **quoi** ?

他想成為什麼樣的人？

—Il veut être pilote.

－他想當一名飛行員。

4 詢問「間接受詞」、「狀態補語」時

A qui parles-tu ?

A qui est-ce que tu parles ?

Tu parles à **qui** ?

你跟誰說？

—Je parle à mon directeur.

－我跟部長說。

Avec quoi joues-tu ?

Avec quoi est-ce que tu joues ?

Tu joues **avec quoi** ?

你在玩什麼？

—Je joue avec ma poupée.

－我在玩娃娃。

➡ 用 qui、que 造問句，之後的主詞與動詞要改成倒裝句型，但若是放在 est-ce qui、est-ce que 等複合字之後則不需改成倒裝句型。

➡ 以上除了「詢問主詞」的句型 (1) 之外，在一般的日常對話中，疑問詞不一定要放在句首，也可以放在句末。不過有一點要特別注意，在句型 (2)、(3) 裡，詢問「事物」時，疑問詞除了有用 que，也有用強調形的 quoi。

32.2 疑問代名詞 2：會隨陰陽性、單複數產生變化

詢問「（超過 2 人、2 個事物之中的）哪一位／哪一個？」時，其疑問代名詞如下所示。

陽性單數	陰性單數	陽性複數	陰性複數
lequel	laquelle	lesquels	lesquelles
[ləkɛl]	[lakɛl]	[lekɛl]	[lekɛl]

此類疑問詞的組成結構基本形態為＜定冠詞＋疑問形容詞＞（如 lequel ＝le＋quel），但若搭配介系詞 à、de 使用時，除了陰性單數形以外其他都會改成縮寫。

à＋lequel → au quel	à laquelle	aux quels	aux quelles
de＋lequel → du quel	de laquelle	des quels	des quelles

1 詢問主詞時

Lequel de vos fils va étudier à l'étranger ?
您的哪一位兒子即將出國留學？

2 詢問直接受詞時

Il y a deux voitures. ***Laquelle*** essayez-vous ?
有二部車。請問您要試乘哪一部呢？

Parmi tous ses films, ***lesquels*** connais-tu ?
在他所有的電影作品中，您知道哪些（作品）呢？

3 詢問間接受詞、狀態補語時

Il y a beaucoup de syndicats, ***auquel*** adhérez-vous ?
有很多個工會，您要加入哪一個呢？

Parmi ces candidats, ***pour lequel*** votes-tu ?
這些候選人當中，你要把票投給誰？

Avec lesquelles de ses‿amies voyage-t-elle ?
她和朋友之中的哪些人一起旅行呢？

33 代動詞的直陳式現在時

「反身代名詞」是用於表示和主詞相同的「人物、事物」的代名詞，而**代動詞**，就是搭配反身代名詞使用的動詞。請見下列例句。

Elle **couche** son fils. 她讓她兒子睡覺。	〔及物動詞：coucher〕
Elle **se couche**. 她睡覺。	〔代動詞：se coucher〕

在上述的例句中，及物動詞 coucher 的直接受詞為 son fils，而代動詞 se coucher 的直接受詞則是「自己」，因此句子的意思會演變為「她讓自己睡覺→她睡覺」。

 反身代名詞 se，在句中是直接受詞或間接受詞，得視動詞的語意而定。

33.1 代動詞的變化／位

33_1

反身代名詞搭配不同人稱的主詞會有如下的變化。

se coucher 睡覺 [sə kuʃe]	s'appeler 名叫 [saple]
je me couche [ʒə mə kuʃ]	je m' appelle [ʒə mapɛl]
tu te couches [ty tə kuʃ]	tu t' appelles [ty tapɛl]
il se couche [il sə kuʃ]	il sáppelle [il sapɛl]
nous nous couchons [nu nu kuʃɔ̃]	nous nous appelons [nu nuzaplɔ̃]

vous vous couchez [vu vu kuʃe]	vous vous appelez [vu vuzaple]
ils se couchent [il sə kuʃ]	ils s' appellent [il sapɛl]

〔否定形〕　　　　　　il ne *se couche* pas　　　　vous ne *vous couchez* pas

〔肯定倒裝句型〕　　*se couche*-t-il ?　　　　　*vous couchez*-vous ?

〔否定倒裝句型〕　ne *se couche*-t-il pas?　　ne *vous couchez*-vous pas ?

> ❶ 反身代名詞 se（搭配代動詞的受詞人稱代名詞），除了命令式肯定句以外，其他都是放在動詞之前。(p.177)
>
> ❷ 在複合時（如 passé composé）的句子中，反身代名詞 se 若為直接受詞時，過去分詞要和直接受詞、主詞的陰陽性、單複數一致；若 se 為間接受詞時，則過去分詞維持不變。(p.183)
>
> ❸ 即使代動詞為不定式，反身代名詞 se 仍須隨主詞的人稱做變化。
>
>   Nous‿allons *nous promener*.　　　我們去散步。

33.2 代動詞的用法

33_2

代動詞的用法分為以下四種。

1 反身代動詞：用於表示「主詞所做的動作會作用在自己的身上」。

(a) se 為直接受詞（COD）時：表達「（把）自己～」

Je *me lève* tôt.[1]

我很早就起床。

A quelle heure Christophe *se couche*-t-il ?

克里斯托夫幾點睡覺？

(b) se 為間接受詞（COI）時：表達「（對）自己～」

Je *me rappelle* cet accident.[2]

我想起了那個意外。

Elle ne *se brosse* pas les dents après le repas.

她吃完飯後沒刷牙。

②相互作用的代動詞：主詞為複數（也包含 on），表示「互相做某件事」。

(a) se 為直接受詞時：表達「彼此互相做～」

Nous **nous ⌣ aimons**.[1]

我們彼此相愛。

Ils **se regardent** l'un l'autre.

他們互相看著對方。

(b) se 為間接受詞時：表達「對彼此做～」

Ils **s'écrivent** l'un à l'autre

他們彼此通信。

On ne **se téléphone** plus comme auparavent.[2]

我們不再像以前會打電話給彼此。

1 ➡ Benoît aime Emilie et Emilie aime Benoît. → Ils s'aiment.
2 ➡ Benoît téléphone à Emilie et Emilie téléphone à Benoît. → Ils se téléphonent.
➡ l'un l'autre「對彼此」，是副詞片語，用來強調相互作用的代動詞。

③被動的代動詞：主詞為「物品、事物（第三人稱）」，表達出帶有「被～」的被動語態，se 為直接受詞。

Le vin français se **vend** bien.

法國葡萄酒很暢銷（被賣得很好）。

Cette expression ne **s'emploie** guère.

這個用法幾乎不被使用。

4 原本即為代動詞：有兩種類型，se 為直接受詞。

	s'enfuir	逃走	se fier à	相信～
固定只作為代動詞使用	s'envoler	飛走	se moquer de	嘲弄～
	se démener	東奔西跑	se souvenir de	想起～
該動詞當成代動詞用時，和原本的字義不一樣	rendre	歸還	→ se rendre à	參加～
	plaindre	同情	→ se plaindre	對～抱怨

Vous souvenez-vous de votre jeunesse ?

你想起年輕時的事了嗎？

Tu *te plains* de quoi ?

你有什麼不滿嗎？

命令式

接著要介紹的是對另一方提出命令或請求的「命令式」。

34_0

1 把直陳式現在時中的主詞（tu、nous、vous）拿掉之後的句型，就是法文的命令句。

chanter 的肯定命令式		chanter 的否定命令式
tu chantes	→	Chante !¹ 唱吧！（你唱！）	Ne chante pas !² （你）不要唱！
nous chantons	→	Chantons ! （我們）一起唱吧！	Ne chantons pas ! （我們）都不要唱！
vous chantez	→	Chantez ! 請（您；各位）開口唱！	Ne chantez pas ! 請（您；各位）不要唱！

Prends un médicament !

（你）吃藥！

Dansons ensemble !

（我們）一起跳舞吧！

Fermez la porte, s'il vous plaît !³

請（您）把門關起來。

Ne buvez plus d'alcool !

（您）不要再喝酒了！

N'entre pas dans ma chambre!

（你）別進我的房間！

---

1 ➡ -er 動詞（包括 aller）以及採用相同動詞變化的 ouvrir 這一類的動詞，其第二人稱單數（tu）字尾的 s 會省略。

2 ➡ 否定命令句中的動詞是夾在 ne ~ pas 之間。

3 ➡ s'il vous plaît、s'il te plaît 相當於英語的 please。

2 être、avoir、savoir、vouloir 等動詞的命令形為特殊的動詞變位。

être	avoir	savoir	vouloir
Sois	Aie	Sache	Veuille
[swa]	[ɛ]	[saʃ]	[vœj]
Soyons	Ayons	Sachons	Veuillons
[swajɔ̃]	[ejɔ̃]	[saʃɔ̃]	[vœjɔ̃]
Soyez	Ayez	Sachez	Veuillez
[swaje]	[eje]	[saʃe]	[vœje]

Sois tranquille!
安靜！
Théo, *sois* sage !
德歐，要聽話！
Aie un peu de patience !
要有點耐心！
N'ayez pas peur !
不要怕！
Veuillez sortir immédiatement !
請馬上出去！

3 代動詞的肯定命令句中，反身代名詞要放在動詞之後，中間用連字號。

se dépêcher 的肯定命令形	se dépêcher 的否定命令形
Dépêche-toi ! [1]　　（你）快點！	Ne te dépêche pas ! [2] （你）不要急！
Dépêchons-nous !　　（我們）快點！	Ne nous dépêchons pas ! （我們）都不要急！
Dépêchez-vous !　　（您；你們）快一點！	Ne vous dépêchez pas ! 請（您；你們）不要急！

Lave-toi les mains avant de manger !

吃飯前去洗手！

Amusez-vous bien !

玩得開心點！好好地玩！

Ne vous ⌣inquiétez pas!

別擔心！

Ne vous garez pas là-bas !

不要在那裡停車。

1 ➡ 肯定命令形中，te 會變成強調形的 toi。

2 ➡ 否定命令形中，反身代名詞要放在動詞之前。

➡ 除了這些命令式之外，還有透過「簡單未來時」及「虛擬式」來表達的命令語氣。
(p.229、249)

直陳式
複合過去時

本課要介紹的是，在各項過去時態當中，日常對話中最常用的直陳式複合過去時（簡稱複合過去時）。所謂的複合過去時，廣義地說是用於表示「已做過～」，也就是過去曾經做過某行為。複合過去時的句子中，主要動詞是過去分詞，現在就先從**過去分詞**（participe passé）看起。

35.1 過去分詞的形態 | participe passé

透過字尾的特徵來分類之後，過去分詞可分為 -é、-i、-s、-t、-u 五種字尾形態。雖然有部分例外，但大致上可依「不定式」的字尾，判斷出轉換為過去分詞時，會變成何種形態。範例請見下表。

> -er 動詞的字尾全部都會轉為 -é
> -ir 動詞的字尾大部分會轉為 -i（有部分會轉為 -t、-u）
> -oir 動詞的字尾大部分會轉為 -u
> -re 動詞的字尾會轉為 -i、-s、-t、-u

字尾	過去分詞			
-é	être	→	**été**	[ete]
	donner	→	**donné**	[dɔne]
	jouer	→	**joué**	[ʒwe]
	répéter	→	**répété**	[repete]
	payer	→	**payé**	[peje]
-i	finir	→	**fini**	[fini]
	partir	→	**parti**	[parti]
	choisir	→	**choisi**	[ʃwazi]
-s	prendre	→	**pris**	[pri]
	mettre	→	**mis**	[mi]

字尾	過去分詞		
-t	dire	→	**dit** [di]
	faire	→	**fait** [fɛ]
	écrire	→	**écrit** [ekri]
	conduire	→	**conduit** [kɔ̃dɥi]
	éteindre	→	**éteint** [etɛ̃]
	ouvrir	→	**ouvert** [uvɛr]
	mourir	→	**mort** [mɔr]
-u	avoir	→	**eu** [y]
	voir	→	**vu** [vy]
	savoir	→	**su** [sy]
	devoir	→	**dû** [dy]
	pouvoir	→	**pu** [py]
	vouloir	→	**voulu** [vuly]
	falloir	→	**fallu** [faly]
	pleuvoir	→	**plu** [ply]
	plaire	→	**plu** [ply]
	vivre	→	**vécu** [veky]
	lire	→	**lu** [ly]
	boire	→	**bu** [by]
	croire	→	**cru** [kry]
	connaître	→	**connu** [kɔny]
	attendre	→	**attendu** [atɑ̃dy]
	venir	→	**venu** [v(ə)ny]
	courir	→	**couru** [kury]

35.2 複合過去時的變化／位

35_2

助動詞要選擇用 avoir 還是 être，取決於動詞。

> 助動詞（avoir、être）的直陳式現在時＋過去分詞

1 助動詞用 **avoir** 的情況：所有的及物動詞與大多數的不及物動詞用 avoir。

manger（吃）	aimer（愛）
j' ai mangé [ʒɛ mãʒe]	j' ai aimé [ʒɛ ɛme]
tu as mangé [tya mãʒe]	tu as aimé [tya ɛme]
il a mangé [ila mãʒe]	il a aimé [ila ɛme]
nous avons mangé [nuzavɔ̃ mãʒe]	nous avons aimé [nuzavɔ̃ ɛme]
vous avez mangé [vuzave mãʒe]	vous avez aimé [vuzave ɛme]
ils ont mangé [ilzɔ̃ mãʒe]	ils ont aimé [ilzɔ̃ ɛme]

〔否定形〕　　　il n'*a* pas⌣*aimé*　　　　　vous n'*avez* pas⌣*aimé*
　　　　　　　　他沒愛過～　　　　　　　　您沒愛過～
〔肯定倒裝句型〕 *a*-t-il *aimé* ?　　　　　　*avez*-vous *aimé* ?
　　　　　　　　他愛過～嗎　　　　　　　　您愛過～嗎
〔否定倒裝句型〕 n'*a*-t-il pas⌣*aimé* ?　　　n'*avez*-vous pas⌣*aimé* ?
　　　　　　　　他沒愛過～嗎　　　　　　　您沒愛過～嗎

> 雖然一般會產生連音，但在日常生活的對話中反而比較不常連音。

2 助動詞用 être 的情況：僅搭配部分的不及物動詞，此時的過去分詞要與主詞的陰陽性、單複數一致。

venir（來）	aller（去）
je suis venu(e) [ʒ(ə) sɥi v(ə)ny]	je suis allé(e) [ʒ(ə) sɥizale]
tu es venu(e) [tyɛ v(ə)ny]	tu es allé(e) [tyɛzale]
il est venu [ilɛ v(ə)ny]	il est allé [ilɛtale]
elle est venue [ɛlɛ v(ə)ny]	elle est allée [ɛlɛtale]
nous sommes venu(e)s [nu sɔm v(ə)ny]	nous sommes allé(e)s [nu sɔmzale]
vous êtes venu(e)(s) [vuzɛt v(ə)ny]	vous êtes allé(e)(s) [vuzɛtzale]
ils sont venus [il sɔ̃ v(ə)ny]	ils sont allés [il sɔ̃tale]
elles sont venues [ɛl sɔ̃ v(ə)ny]	elles sont allées [ɛl sɔ̃tale]

〔否定形〕　　　　　vous n'*êtes* pas **venu(e)(s)**　　elles ne *sont* pas *venues*

　　　　　　　　　　您（們）沒有來～　　　　　她們沒有來～

〔肯定倒裝句型〕　*êtes*-vous *venu(e)(s)*?　　*sont*-elles *venues* ?

　　　　　　　　　　您（們）有來～嗎　　　　　她們有來～嗎

〔否定倒裝句型〕　n'*êtes*-vous pas *venu(e)(s)*?　ne *sont*-elles pas *venues* ?

　　　　　　　　　　您（們）沒有來～嗎　　　　她們沒有來～嗎

　　助動詞用 être，主要是搭配具「**移動性質**」的不及物動詞，約有 20 個這樣的動詞。由於都是十分常用的單字，所以請將這些單字背起來。

aller	去	venir	來
arriver	到達	partir	出發
entrer	進入	sortir	出去
monter	上去	descendre	下去
naître	出生	mourir	死亡
rester	停留	tomber	跌倒
passer	經過	rentrer	回來
retourner	返回（再去）	revenir	回來（再來）

這些不及物動詞中，有部分的動詞也可當「及物動詞」用，這時，助動詞就要改用 avoir。

entrer	放入～	sortir	帶出去	rentrer	收進～
monter	登上～	descendre	下去～	retourner	翻轉～

Il *est entré* dans le garage.　　　　　〔不及物〕他進入了車庫。

Il *a entré* la voiture dans le garage.　〔及物〕他把車停進車庫裡了。

③ 助動詞用 **être** 的情況：當動詞為代動詞時，若反身代名詞 (se) 為直接受詞，則過去分詞要與直接受詞（也是主詞本身）的陰陽性、單複數一致。

se doucher 淋浴				s'endormir 睡覺			
je	me	suis	douché(e)	je	me	suis	endormi(e)
			[ʒ(ə) mə sųi duʃe]				[ʒ(ə) mə sųizɑ̃dɔrmi]
tu	t'	es	douché(e)	tu	t'	es	endormi(e)
			[ty tɛ duʃe]				[ty tɛzɑ̃dɔrmi]
il	s'	est	douché	il	s'	est	endormi
			[il sɛduʃe]				[il sɛtɑ̃dɔrmi]
elle	s'	est	douchée	elle	s'	est	endormie
			[ɛl sɛduʃe]				[ɛl sɛtɑ̃dɔrmi]
nous	nous	sommes	douché(e)s	nous	nous	sommes	endormi(e)
			[nu nu sɔmduʃe]				[nu nu sɔmzɑ̃dɔrmi]
vous	vous	êtes	douché(e)(s)	vous	vous	êtes	endormi(e)(s)
			[vu vuzɛtduʃe]				[vu vuzɛtzɑ̃dɔrmi]
ils	se	sont	douchés	ils	se	sont	endormis
			[il sə sɔ̃ duʃe]				[il sə sɔ̃tɑ̃dɔrmi]
elles	se	sont	douchées	elles	se	sont	endormies
			[ɛl sə sɔ̃ duʃe]				[ɛl sə sɔ̃tɑ̃dɔrmi]

〔否定形〕　　　 tu ne *t'es* pas *douché(e)*　　vous *ne vous ̮ êtes* pas *douché(e)(s)*

　　　　　　　　你（妳）沒有淋浴　　　　您（們）沒有淋浴

〔肯定倒裝句型〕 *t'es*-tu *douché(e)*?　　　　*vous ̮ êtes*-vous *douché(e)(s)*?

　　　　　　　　你（妳）有淋浴嗎　　　　您（們）有淋浴嗎

〔否定倒裝句型〕 ne *t'es*-tu pas *douché(e)*?　ne *vous êtes*-vous pas *douché(e)(s)*?

　　　　　　　　你（妳）沒有淋浴嗎　　您（們）沒有淋浴嗎

若反身代名詞 se 為間接受詞時，過去分詞不會產生變化。(p.270)

Elle s'est lavé*e*.　〔se 為直接受詞〕她清洗了身體。（＝她洗澡）

Elle s'est lavé les mains.　〔se 為間接受詞〕她洗了手。

複合過去時不僅能用於表達過去的行為（行為、動作已完成），也有相當於英語現在完成式的用法。

1 表示過去發生過、已結束的行為、事件：表達「做～了」

J'**ai retiré** de l'argent il y a une semaine.
我一週前提了款。

Elle **est montée** au sommet du mont Blanc l'année dernière.
她去年登上了白朗峰。

Ce matin, nous **nous sommes promenés** dans le parc.
今天早上我們在公園散步。

 il y a 表示「在～（多久）之前」的意思 (p.232)。

2 表示現在、剛剛完成的行為：表達「完成了～」

Avez-vous déjà **pris** le petit déjeuner ?
您吃早餐了嗎？

3 表示到目前為止曾有過的經驗：表達「曾經～過」

Tu n'**as** jamais **embrassé** la fille ?
你從來沒有和女生接吻過嗎？

若表示「（一直）做～」這類目前仍持續進行的行為時，要用直陳式現在時。(p.234)

> Je *vis* à Bruxelles depuis cinq ans.
>
> 我住在布魯塞爾五年了（現在還住在那）。

在複合時的情況下，副詞通常都會放在「過去分詞」**之前**，但若是用於表示場所或一些時間的副詞，則置於過去分詞之後。

J'ai	*beaucoup*	travaillé.	我的工作量很大。
	peu		我不常工作。
	trop		我操勞過度。
	toujours		我一直在工作。

| J'ai déjeuné | *dehors hier.* | 我昨天在外面吃午飯。 |
| | *tard.* | 我比較晚吃午飯。 |

受詞人稱代名詞

人稱代名詞的部分，我們在 11 課及 28 課都已經學過了，本課將介紹的是作為**受詞**使用的**受詞人稱代名詞**（相當於英語的 me、you、him、her 等）。若作為直接受詞第三人稱使用，不僅可用來代稱「人物」，也可以用來代稱「事物」。

主詞人稱代名詞		受詞人稱代名詞			
主詞		直接受詞（COD）		間接受詞（COI）	
je（j'）	我	me（m'）	（把）我	me（m'）	（對）我
tu	你	te（t'）	（把）你	te（t'）	（對）你
il	他 它	le（l'）	（把）他 （把）它	lui	（對）他 （對）她
elle	她 它	la（l'）	（把）她 （把）它		
nous	我們	nous	（把）我們	nous	（對）我們
vous	您 你們	vous	（把）您 （把）你們	vous	（對）您 （對）你們
ils	他們 它們	les	（把）他們 （把）她們 （把）它們	leur	（對）他們 （對）她們
elles	她們 它們				

36.1 受詞人稱代名詞的用法

36_1

「受詞人稱代名詞」和反身代名詞 se（用於代動詞的受詞人稱代名詞）一樣，除了肯定命令句之外，全都要放在動詞之前。

Il donne <u>cette poupée</u> à sa fille.	他把這個玩偶拿給他的女兒。
→ Il *la* donne à sa fille.	他把那個給他的女兒。
→ Il *lui* donne <u>cette poupée</u>.	他給她這個玩偶。

1 若為直接受詞（COD；complément d'objet direct）時

Tu regardes le match ?　你正在看比賽嗎？
—Oui, je *le* regarde.　－嗯，我正在看（比賽）。
—Non, je ne *le* regarde pas.　－不，我沒在看（比賽）。

Tu gardes cette revue ?　你要保留這本雜誌嗎？
—Oui, je *la* garde.　－嗯，我要留著（雜誌）。

Tu attends tes collègues ?　你在等你的同事們嗎？
—Oui, je *les*‿attends.　－嗯，我在等他們。

Il *te* respecte.　他尊敬你。
Il *nous* cherche.　他在找我們。
Il *vous*‿invite souvent ?　他經常邀請您／各位嗎？

> 若為下列動詞（aimer、adorer、détester），當直接受詞是「事物（事物的總稱）」時，就要使用指示代名詞 ça 代替。（p.206）
>
> J'aime Céline.　→ Je *l'* aime.　我喜歡賽琳娜（她）。
> J'aime son tableau.　→ Je *l'* aime.　我喜歡他／她的畫（它）。
> J'aime le vin.　→ J'aime *ça*.　我喜歡葡萄酒（這個東西）。

2 若為間接受詞（COI；complément d'objet indirect）時

Vous‿écrivez à votre cousin(e)?　您會寫信給您的表兄弟（姊妹）嗎？
—Oui, je *lui* écris parfois.　－會，我有時會寫信給他（她）。
—Non, je ne *lui* écris jamais.　－不，我從不寫信給他（她）。

Vous téléphonez à vos‿ami(e)s ?　您會打電話給您的朋友們嗎？
—Oui, je *leur* téléphone très　－會，我常常打電話給他（她）們。
souvent.
Elle *t'* explique tout.　她會向你解釋所有的事。
Elle *nous* cache la vérité ?　她對我們隱瞞真相？

Elle **vous** raconte ses voyages.　　　她對您／你們談她的旅遊經驗。

下列動詞固定與「間接受詞」搭配。

parler à 對～説話	raconter à	向～訴説	donner à 給
dire à 對～説	demander à	請求	offrir à 贈送給

試著比較下列例句。代動詞經常會使用和主詞相同的反身代名詞 se。

Je **me** regarde dans le miroir.　　我看著鏡中的**自己**（照鏡子）。
Il **me** regarde par la fenêtre.　　他隔著窗戶看著**我**。
Il **me** parle par la fenêtre.　　他隔著窗戶**對我**説話。

36.2 受詞人稱代名詞在其他句型中的位置

36_2

接下來介紹受詞人稱代名詞在下列句型中的位置。

1 若為複合時態（如 **passé composé**）：受詞人稱代名詞要放在助動詞之前。

Avez-vous acheté le journal ?
您買報紙了嗎？
—Oui, je **l'**ai acheté.
－有，我買了（報紙）。
—Non, je ne **l'**ai pas acheté.
－沒有，我沒買（報紙）。

Ils‿ont dit bonjour à Béatrice ?
他們向貝阿特莉絲打招呼了嗎？
—Oui, ils **lui** ont dit bonjour.
－有，他們向她打了招呼。
—Non, ils ne **lui** ont pas dit bonjour.
－沒有，他們沒有向她打招呼。

在複合時的情況下，過去分詞的陰陽性及單複數，要和前面的直接受詞一致。若為間接受詞，過去分詞則維持不變。(p.270)

J'ai lu ce roman.	→	Je *l'* ai lu.
J'ai écouté la radio.	→	Je *l'* ai écouté*e*.
J'ai vu mes voisin(e)s.	→	Je *les* ‿ai vu(*e*)s.

2 若為＜動詞＋不定式＞：受詞人稱代名詞要放在不定式之前，作為不定式的受詞。

Est-ce qu'elle va voir la mer ?

她要去看海嗎？

—Oui, elle va *la* voir.

－是，她要去看（海）。

—Non, elle ne va pas *la* voir.

－不，她不去看（海）。

Est-ce que je peux téléphoner à mes parents ?

我可以打電話給我爸媽嗎？

—Oui, vous pouvez *leur* téléphoner.

－可以，您可以打電話給他們。

—Non, vous ne pouvez pas *leur* téléphoner.

－不可以，您不可以打電話給他們。

❶ 當兩個不定式併用時，受詞人稱代名詞要放在當作受詞用的不定式之前。

Elle doit partir chercher *ses* ‿*enfants*.

→ Elle doit partir *les* chercher.

❷ 在複合時態的句子中，也要放在不定式之前。

Elle a voulu inviter ses camarades.

→ Elle a voulu *les* ‿inviter.

~~Elle *les* a voulus inviter.~~

❸ 關於感官動詞、使役動詞的用法，請見 p.274。

3 命令句：在肯定命令句中，受詞人稱代名詞要放在動詞之後，並用連字號連結。

肯定命令形		否定命令形
Range ta chambre ! 把房間整理好！	→	Range-*la* ! 把那裡整理好！	Ne *la* range pas ! 不要整理那裡！
Téléphone à Marc ! 打電話給馬克！	→	Téléphone-*lui* ! 打電話給他！	Ne *lui* téléphone pas ! 不要打電話給他！

Prête-*leur* ce jouet !
把玩具借給**他們**！

Ne *me* dérangez pas !
不要打擾**我**！

Donnez-*moi* votre numéro ![1]
給**我**您的電話號碼！

Attends-*moi* un petit peu dans le couloir ![1]
在走廊等**我**一下！

---

1 ➤ 在肯定命令形中，me 要用強調形的 moi。
　➤ 在否定命令形中，受詞人稱代名詞要放在動詞之前。

Leçon 37

Les pronoms neutres

中性代名詞

受詞人稱代名詞要配合「原本（要被取代）的名詞的陰陽性、單複數」而有所變化，中性代名詞則與要被取代的對象的陰陽性、單複數無關，不會產生變化。而中性代名詞中，y、en 可以當作代名詞，也可以當作副詞使用。

	中性代名詞		
y	代：對（用）那個	en	代：把（用）那件事
			把那個（的）
	副：在那裡		副：從那裡

le	代：（是）如此
	（把）那件事

37.1 中性代名詞的用法

37_1

除了肯定命令句之外，中性代名詞一般都要放在動詞之前。

1 y：主要用來取代介系詞「à＋名詞」的詞組。

(a) 取代＜à＋名詞（物品、事情）＞

Vous croyez à son‿histoire ?	您相信他說的話嗎？
— Oui, j'**y** crois.	－是，我相信（**他說的話**）。
— Non, je n'**y** crois pas du tout.	－不，我一點也不相信（**他說的話**）。

Ils participent à ce projet ?	他們要參加這個企畫嗎？
— Non, ils n'**y** participent pas.	－不，他們不參加（**這個企畫**）。

下列的動詞適用此用法。有關代動詞的部分請參考 p.197。

penser à	思考〜	renoncer à	放棄〜	s'intéresser à	對〜感興趣
tenir à	堅持要〜	résister à	抗拒〜	s'habituer à	習慣於〜

取代的名詞若為「人物」時，就用人稱代名詞的間接受詞即可。

Je réponds *à* cette lettre. → J'*y* réponds.

Je réponds *à* Nathalie. → Je *lui* réponds.

但若句中有 penser à、songer à、s'intéresser à 等動詞，而要取代的名詞又是「人物」時，通常要用強調形。

Je pense *à mon ⌣avenir*. → J'*y* pense.

Je pense *à Nathalie*. → Je pense *à elle*.

(b) 取代＜à、en、sur、dans、chez 等＋名詞（場所）＞（副詞性質）

Allez-vous à Montpellier ?

您要去蒙彼里耶嗎？

—Oui, j'*y* vais.

－是的，我要去（那裡）。

Fanny est⌣encore dans sa chambre ?

芬妮還在房間裡嗎？

—Non, elle n'*y* est plus.

－不，她不在（那裡）。

2 **en**：主要用來取代介系詞「de ＋ 名詞」的詞組。

(a) 取代＜de＋名詞（物品、事情）＞

Vous⌣avez besoin de ce document ?

您需要這份文件嗎？

—Oui, j'*en*⌣ai besoin.

－是，我需要（那份文件）。

—Non, je n'*en*⌣ai pas besoin.

－不，我不需要（那份文件）。

Ton frère est fier de sa réussite ?

你哥哥對自己的成就很自豪嗎？

—Non, il n'**en** est pas fier.

－不，他（對自己的成就）不感到自豪。

如下列的動詞組或形容詞即適用此用法。有關代動詞的部分請參考 p.197。

parler de	談論～	se souvenir de	記得～
rêver de	夢想～	s'occuper de	照顧～
avoir peur de	害怕～	être content de	對～感到滿意
avoir envie de	想要～	être heureux de	對～樂意

取代的名詞為「人物」時，通常要用強調形。

Elle parle *de son travail*. → Elle **en** parle.

Elle parle *de ses parents*. → Elle parle *d'eux*.

(b) 取代＜不定冠詞 des・部分冠詞 du、de la・否定的 de＋名詞＞

Avez-vous des amis français ?

您有法國朋友嗎？

—Non, je n'**en** ai pas.

－不，我沒有。

Tu ajoutes du sel ?

你要加鹽嗎？

—Oui, j'**en** ajoute un peu.

－是，我要加一點鹽。

(c) 取代＜數詞・數量副詞＋名詞＞

Est-ce qu'elle a six enfants ?

她有六個小孩嗎？

—Oui, elle **en** a six.

－是，她有六個小孩。

Est-ce qu'ils lisent beaucoup de livres ?

他們看很多書嗎？

—Non, ils n'*en* lisent pas beaucoup.

－不，他們書看得不多。

 數詞或數量副詞要放在動詞之後。

(d) 取代＜de＋名詞（場所）＞（副詞性質的代名詞）

Tu viens de Genève ? 你來自日內瓦嗎？

—Oui, j'*en* viens. －是，我是（從那裡來的）。

3 le：取代先前提過的人、事、物。

(a) 取代主詞補語

Tu es heureuse ? 妳幸福嗎？

—Oui, je *le* suis. －是的，我很幸福。

(b) 取代子句、不定式

Savez-vous qu'elle est mariée ? 您知道她結婚了嗎？

—Oui, je *le* sais. －是，我知道。

37.2 中性代名詞在其他句型中的位置

37_2

接下來介紹中性代名詞在下列句型中的位置。

1 在複合時（passé composé）的情況下位置不變。

Avez-vous déjà renoncé au mariage ?

您已經放棄結婚了嗎？

—Oui, j'*y* ai déjà renoncé.

－是，我已經放棄了。

—Non, je n'*y* ai pas encore renoncé.

－不，我還沒有放棄。

Tu as mangé une pomme ? 你吃了一個蘋果嗎？

—Oui, j'**en**‿ai mangé une.

－是，我吃了一個。

—Non, je n'**en**‿ai pas mangé.

－不，我沒有吃。

2 ＜動詞＋不定式＞：中性代名詞要放在不定式之前。

Est-ce qu'elle va aller en France pour Noël comme
d'habitude ?

她還是像往常一樣要去法國過聖誕節嗎？

—Oui, elle va **y** aller.　　　　－是的，她會去。

—Non, elle ne va pas **y** aller cette année.

－不，她今年不打算去。

Est-ce que vous voulez goûter du fromage ?

您想品嚐看看起司嗎？

—Oui, je veux **en** goûter.　　　　－是的，我想嚐嚐看。

—Non, je ne veux pas **en** goûter.　　　　－不，我不想品嚐。

3 命令句：在肯定命令句中，中性代名詞要放在動詞之後，並用連字號將
兩單字連在一起。

肯定命令形		否定命令形
Mange de la soupe ! 喝湯！	→　Manges‿**en** ![1] [mɑ̃ʒ zɑ̃] 喝那個！	N'**en** mange pas ! [nɑ̃ mɑ̃ʒ pa] 不要喝！
Va à la plage ! 去海邊！	→　Vas‿**y** ![1] [va zi] 去那裡！	N'**y** va pas ! [ni va pa] 不要去那裡！

1 ➡ -er 動詞（包含 ouvrir 型動詞）的第二人稱單數字尾 -s 要省略，但當中性代名詞 y、en
放在動詞之後時，就要加上 -s 並且要連音。(p.176)
　➡ 若為否定命令形，則中性代名詞 y、en 要放在動詞之前。

Leçon 38 受詞人稱代名詞與中性代名詞的語順

本課將針對各種代名詞一起出現在句中時的語順來進行介紹。

38.1 在一般直述句中的語順（除了命令式以外）

38_1

| 主詞 (ne) + | me
te
nous
vous
se | le
la
les | lui
leur | y en + | 動詞　(pas) |
| | | | | | 助動詞　(pas)　＋過去分詞 |

1 要同時使用「受詞人稱代名詞」時（上表虛線框內）：直接受詞第三人稱（le、la、les），可以和其他的間接受詞併用。

Tu *me* prêtes ton vélo ?　　　　　　你把你的自行車借（給我）好嗎？

—Oui, je *te le* prête.　　　　　　　　好，我把它借給你。

—Non, je ne *te le* prête pas.　　　　　不，我不借（給你自行車）。

Tu présentes Sophie à tes parents ?

你介紹蘇菲給你父母？

—Oui, je *la leur* présente.　　　　　是，我介紹她給他們。

> 不過，直接受詞的第一、二人稱（me、te、nous、vous），由於無法和其他的間接受詞併用，所以間接受詞要改成＜à＋強調形＞。
>
> Je *vous la* présente.　　（間受＋直受）　我向您介紹她。
>
> Je *vous* présente *à elle*.　（直受＋à 強調形）　我向她介紹您。

2 要同時使用中性代名詞時：語順為先 y 再 en

Il y a encore du lait dans le frigo?

冰箱裡還有牛奶嗎？

—Oui, il *y en*‿a.

－嗯，有啊。

—Non, il n'*y en*‿a plus.

－不，沒有了。

3 要同時使用「受詞人稱代名詞」和「中性代名詞」時：y、en 要放在受詞人稱代名詞之後。

Elle vous‿a parlé de l'avenir des‿enfants ?

她跟各位說到過孩子們的未來嗎？

—Oui, elle *nous*‿*en*‿a parlé.

－是的，她對我們說過（那件事）。

Avez-vous offert un cadeau à votre femme ?

您有送禮物給您太太嗎？

—Oui, je *lui en*‿ai offert un.

－是的，我送了一份（禮物）給她。

Il a vu Alice à Paris ?

他在巴黎見到愛麗絲了嗎？

—Non, il ne *l'y* a pas vue.

－不，他沒（在那）見到她。

> 反身代名詞 se（代動詞的受詞人稱代名詞）與中性代名詞之間的語順如下所示。
>
> Il *s'*intéresse *à la politique*. → Il *s'y* intéresse.
>
> Elle *s'*est habituée *à son nouveau travail*. → Elle *s'y* est habituée.
>
> On va *s'*occuper *de la gestion*. → On va *s'en*‿occuper.

下列圖示為肯定命令式的語順。不過由於代名詞的位置會隨句意而變動，所以在與代名詞合併使用時，請將下圖當作基本原則。否定命令式的語順和直述句相同，動詞則轉為命令形。

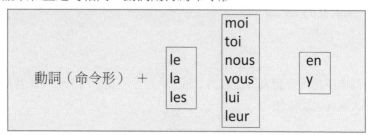

肯定命令形		否定命令形
Montre-moi cette photo ! 讓我看這張照片！	→ Montre-la-moi ! 讓我看（這個）！	Ne me la montre pas ! 不要讓我看（那個）！
Dis-lui le problème ! 把那問題告訴他／她！	→ Dis-le-lui ! 告訴他／她（那）！	Ne le lui dis pas ! 不要告訴他／她（那）！
Apportez-nous de l'eau ! 把水拿來給我們！	→ Apportez-nous‿en ! （把那）拿來給我們！	Ne nous‿en‿apportez pas ! 不要（把那）拿來（給我們）！
Donnez-moi des chocolats ! 給我巧克力！	→ Donnez-m'en ! [1] 給我（那個）！	Ne m'en donnez pas ! 不要給我（那個）！
Occupe-toi de la réservation !〔代動詞〕 去訂位！	→ Occupe-t'en ! [1] 去做（那件事）！	Ne t'en‿occupe pas ! 不要做（那件事）！
Intéressez-vous à vos cours !〔代動詞〕 要對課程有興趣！	→ Intéressez-vous‿y ! [2] 要（對那）感興趣！	Ne vous‿y interessez pas ! 不要（對那）感興趣！

1 ➡ moi、toi 之後若接續中性代名詞 en，就會變成 m'en、t'en。

2 ➡ 通常會避免使用 m'y、t'y。此外在下列的情形下，y 的位置也會改變。

    Accompagnez-moi à la gare !　→　Accompagnez-*y moi* !

> 從 39 課開始，將不會再標示連音的符號（‿）。若不清楚是否該連音，請參考第 5 課的內容。

39

關係代名詞

39.1 關係代名詞的功能

39_1

關係代名詞的功用在於將兩個句子連接在一起,請見下列例句。

> Je connais un étudiant. Il s'appelle Thomas.
> 我認識一位學生。他的名字叫托馬。
> → Je connais un étudiant *qui* s'appelle Thomas.
> 我認識一位名叫托馬的學生。

上述的例句中,關係代名詞 qui 用於代替主詞 Il,並連接先行詞的 un étudiant。關係代名詞就是像這樣在先行詞(關係代名詞前面的名詞或代名詞)和關係子句(關係代名詞引導的子句)之間擔任黏著劑的工作。要使用哪一個關係代名詞,也會視先行詞在關係子句中的功用而定。

形態	qui	que	dont	où
功用	主詞	直接受詞	代替介系詞 de	狀態補語
先行詞		人、物		時間、場所

1 **qui**:當先行詞的「人、物」為關係子句的主詞時。

Un garçon marche là-bas. Ce garçon porte un chapeau.
→ Le garçon *qui* marche là-bas porte un chapeau.
走在那裡的男孩戴著帽子。

Un studio se trouve au centre-ville. Ce studio est maintenant vide.
→ Le studio *qui* se trouve au centre-ville est maintenant vide.
該間位於市中心的工作室,現在是空著的。

2 **que**：當先行詞的「人、物」為關係子句的直接受詞時。

C'est un sommelier. Les clients apprécient ce sommelier.

→ C'est un sommelier *que* les clients apprécient.

這位是得到客人讚賞的侍酒師。

C'est un film. Mon oncle a réalisé ce film.

→ C'est un film *que* mon oncle a réalisé.

這是由我伯父所製作的一部電影。

> 試著比較下列例句。
>
> C'est la fille de M. Duval. Je la connais bien.
>
> ~~C'est la fille de M. Duval que je la connais bien.~~
>
> C'est la fille de M. Duval *que* je connais bien.
>
> 這位是我很熟識的杜瓦爾先生的女兒。
>
> 在複合時態中，過去分詞的陰陽性、單複數要和前面的直接受詞一致。
>
> Montrez-moi la voiture que vous avez achet*e* la semaine dernière.
>
> 讓我看看您上週買的車。

3 **dont**：當先行詞為「人、物」，需要藉由介系詞 de 與關係子句中的動詞（動詞組）、形容詞、名詞來連接並引導子句時，即可用 **dont** 代替「de + 先行詞」。

Voilà une dame. Je vous ai parlé de cette dame tout à l'heure.

→ Voilà la dame *dont* je vous ai parlé tout à l'heure.

那就是我剛才和您提到的那位女士。

Ma femme a envie d'une bague. Cette bague coûte cher.

→ La bague *dont* ma femme a envie coûte cher.

我妻子想要的那枚戒指很昂貴。

C'est une musique africaine. Il est fou de la musique africaine.

→ C'est une musique africaine *dont* il est fou.

那是他很著迷的非洲音樂。

Je te présente mon ami. Les parents de mon ami sont professeurs.

→ Je te présente mon ami **dont** les parents sont professeurs.

我向你介紹我這位父母都是老師的朋友。

有關強調語法以及 ce qui、ce que、ce dont，請見 p.204、206

4 où：當先行詞「時間、場所」為關係子句的狀態補語時。

Nous avons joué ensemble un jour férié. Tu te souviens de ce jour férié ?

→ Tu te souviens du jour férié **où** nous avons joué ensemble ?

你還記得我們一起玩的那個假日嗎？

Je mange dans la cuisine. La cuisine n'est pas ensoleillée.

→ La cuisine **où** je mange n'est pas ensoleillée.

我用餐的廚房光線不充足。

請試著比較下列例句。

　　Elle adore Bordeaux. Elle y a habité pendant cinq ans.

　　~~Elle adore Bordeaux où elle y a habité pendant cinq ans.~~

　　Elle adore Bordeaux **où** elle a habité pendant cinq ans.

　　她非常喜歡住了五年的波爾多。

若關係子句的主詞為名詞，有時主詞和動詞會**倒裝**。

　　Vous connaissez la salle où **se passe la cérémonie** ?

　　您知道舉行儀式的會場在哪裡嗎？

表示「從（某處）～」之意的介系詞 de，無法以 où、dont 代替，所以
要用 **d' où**。

　　C'est le restaurant **d'où** il est sorti avec sa famille hier.

　　那是他昨天和家人一起離開的餐廳。

39.2 介系詞＋關係代名詞

39_2

接下來要介紹的是藉由**介系詞**連接先行詞與關係子句的句型。

形態	介系詞＋qui	介系詞＋lequel、laquelle、lesquels、lesquelles
先行詞	人	物、人

 疑問代名詞 lequel…等，也能當作關係代名詞使用。 (請見 p.171)

1 ＜介系詞＋**qui**＞：先行詞為「人」。

Je connais l'étudiant. Estelle parle à l'étudiant.

→ Je connais l'étudiant *à qui* Estelle parle.

（＝Je connais l'étudiant *à lequel* Estelle parle.）

我認識那位正在和艾斯特爾談話的學生。

C'est une chanteuse. J'ai beaucoup d'admiration pour cette chanteuse.

→C'est une chanteuse *pour qui* j'ai beaucoup d'admiration.

（＝ C'est une chanteuse *pour laquelle* j'ai beaucoup d'admiration.）

那是我非常仰慕的一位歌手。

2 ＜介系詞＋**lequel、laquelle、lesquels、lesquelles**＞：先行詞為「物、人」，此用法的關係代名詞會因先行詞的陰陽性及單複數而產生變化。

J'écris avec un stylo. Ce stylo est très facile à utiliser.

→ Le stylo *avec lequel* j'écris est très facile à utiliser.

我用來寫字的鋼筆很好寫。

 若先行詞為「人」，也可以用＜介系詞＋lequel...＞，但通常還是會用＜介系詞＋qui＞。

在書面上，要表明或強調先行詞的陰陽性、單複數時，有時也會以不含介系詞的 lequel... 來代替 qui。在下面的例句中，就是用 laquelle 來表明先行詞為 la mere。

J'ai rencontré la mère de Laurent, laquelle vit seule depuis son divorce.

我遇到羅弘的母親，她離婚後就獨自生活。

3 ＜**auquel**、**à laquelle**、**auxquels**、**auxquelles**＞：由介系詞 **à** 引導子句時。

> Nous assistons aux cours. Les cours sont passionnants.
> → Les cours *auxquels* nous assistons sont passionnants.
> 我們上的課都十分有趣。

4 ＜**duquel**、**de laquelle**、**desquels**、**desquelles**＞：以介系詞 **de** 引導子句時，若先行詞為「人、物」時，通常會用 **dont**（比 **de qui**、**duquel...** 更常用）。但若以介系詞片語引導時，則會用 **duquel...**。

dont	duquel...
L'appartement dont il rêve 他夢想中的公寓	L'appartement près duquel il habite 他住在那間公寓的附近
L'appartement dont il est content 讓他很滿意的這間公寓	L'appartement à côté duquel il habite 他住在那間公寓的旁邊
L'appartement dont il est le concierge 他擔任管理員的這間公寓	L'appartement en face duquel il habite 他住在那間公寓的對面

> Je me promène parfois près d'une église. Comment s'appelle cette église ?
> → Comment s'appelle l'église *près de laquelle* je me promène parfois ?
> 我偶爾會在它附近散步的那間教會叫什麼名字？

40 強調語法

強調語法，是在強調特定語詞時所用的語法。

用來表達「～的是～」

C'est ～ qui...　　　　　　　〔強調主詞〕

C'est ～ que...　　　　　　　〔強調直接／間接受詞、狀態補語〕

 作為主詞、直接受詞功能的 qui、que 為關係代名詞；作為間接受詞、狀態補語功能的 que 則為連接詞。

我們藉由以下的例句來看看強調語法的用法。

40_0

> J' ai offert cette montre à Patricia hier.
> 我昨天把那支手錶送給了帕特里夏。

 強調主詞

C'est moi ***qui*** ai offert cette montre à Patricia (hier).

（昨天）送給帕特里夏那支手錶的人就是我。

❶ qui 之後的動詞（在人稱、單複數方面）或主詞補語（在陰陽性、單複數方面），要和主詞一致。

　　C'est Marc et Eric qui ***sont*** les plus ***bruyants***.

　　最吵的就是馬克和艾利克。

❷ 若強調的是人稱代名詞時，要用強調形。(請見 P.157)

　　C'est ***toi*** qui as cassé ce vase?

　　　　打破這個花瓶的是你嗎？

　　C'est ***vous*** qui m'avez téléphoné ce matin?

　　　　今天早上打電話給我的是您嗎？

　　Ce sont ***elles*** qui préparent le dîner.

　　　　準備晚餐的是她們。

2 強調直接受詞

C'est cette montre *que* j'ai offerte à Patricia hier.

我昨天送給帕特里夏的是那支手錶。

 在複合時的情況下，過去分詞的陰陽性、單複數，要與放在過去分詞之前的直接受詞一致。（請見 p.270）

3 強調間接受詞

C'est à Patricia *que* j'ai offert cette montre hier.

我昨天是把這支手錶送給帕特里夏。

4 強調狀態補語

C'est hier *que* j'ai offert cette montre à Patricia.

我把手錶送給帕特里夏是在昨天。

41

指示代名詞

在第 16 課我們已經學習過指示形容詞的相關內容。接下來要介紹的**指示代名詞**分為兩種形態,一種是會依取代名詞的陰陽性、單複數不同而產生變化,另一種則不會產生變化。

41.1 指示代名詞 1:不隨「陰陽性、單複數」產生變化

41_1

主要是用來表示「這個、那個」。

ce	ceci、cela (ça)
[sə]	[səsi] [s(ə)la (sa)]

1 ce 當作主詞時。

C'est formidable !　　　　　　(那)太棒了!
C'est (= Ce n'est) pas moi.　　(那)不是我!
Ce sont des billes.　　　　　　(那些)都是彈珠。
C'est ici que tu habites ?　　　你住的地方是這裡嗎?

2 ce 當作關係代名詞的先行詞時,如 ce qui, ce que, ce dont:表達「~ 的事、物」。

Montrez-moi *ce qui* est dans le sac à dos.
讓我看您背包裡有什麼東西。
Je ne comprends pas *ce que* vous dites.
我不懂您在說什麼。
Prends *ce dont* tu as besoin.
就拿你需要的東西。
Ce qui n'est pas clair n'est pas français.
所有不夠明確清楚的(事物),就不是法文。

ce qui、ce que 在間接問句中是表示「是/把什麼~」之意。

3 **cela** 當作動詞的主詞、受詞以及主詞補語用：在日常對話中常會用縮寫
(ça) 表示。

Cela ne vous concerne pas.	那不關你的事。
Ne pense plus à *cela*.	別再想那（件事）了。
Ça s'écrit comment ?	那（個字）要怎麼拼呢？
Ça va ?	一切都還好嗎？
C'est *ça*.	就是如此。

 ça 也會用在慣用句中。
    Avez-vous une ampoule comme *ça*?　　您有像這款的電燈泡嗎？

4 表示遠近之間的對比：會同時使用 ceci「這個」及 cela「那個」。

Ceci est plus grand que *cela*.　　這個比那個大。

41.2 指示代名詞 2：會依陰陽性、單複數產生變化

41_2

　　用來表示「~的那個」之意，會依照要代替之名詞的陰陽性、單複
數而產生下列變化。

陽性單數	陰性單數	陽性複數	陰性複數
celui	celle	ceux	celles
[səlɥi]	[sɛl]	[sø]	[sɛl]

 此詞彙之結構為＜ce＋lui、elle、eux、elles（強調形）＞

1 和介系詞 **de** 連用，以限定範圍時。

Les enfants de Georges sont écoliers et *ceux* d'Estelle
sont lycéens.
$\qquad\qquad\qquad\qquad\qquad$ ‖
$\qquad\qquad\qquad\qquad\qquad$（les enfants d'Estelle）

喬治的孩子是小學生，艾斯特爾的（孩子）是高中生。

Ma chambre est bien en ordre, mais *celle* de mon frère
est en désordre.
$\qquad\qquad\qquad\qquad\qquad$ ‖
$\qquad\qquad\qquad\qquad\qquad$（la chambre de mon frère）

我的房間很整齊，弟弟的（房間）很凌亂。

2 當作關係代名詞的先行詞使用時。

J'aime ce manteau, mais je voudrais essayer *celui* qui est dans la vitrine.

我喜歡這件外套，但我想試穿看看櫥窗裡的那一件。

Tu as acheté quelle grammaire française ?

—*Celle* que tu m'as proposée.

你買了什麼樣的法文文法書？

－（我買了）你推薦的那本。

Levez la main *ceux* qui ne comprennent pas.[1]

不懂的人舉手。

[1] ➡ 如果不是用於代替名詞，即表示「做～的人」之意。相對的用法則是先前提過的 ce qui、
ce que、ce dont（～的事、物）（指示代名詞）。

3 遠近的對比：在指示代名詞後加上 -ci「這裡的」、-là「那裡的」，同
時使用以表示「…這個…那個」。**(p.124)**

J'ai acheté deux gâteaux, tu veux *celui-ci* ou *celui-là* ?

我買了二個蛋糕，你要這一個還是那一個？

> 若非表示遠近的對比，而是用於指示距離較近的事物時，通常會用 là。
> Je voudrais un melon, *celui-là*, s'il vous plaît.
> 我想要一個哈密瓜，請您給我這個。

42 所有格代名詞

在 17 課已經學過「所有格形容詞」的相關內容，本課的「所有格代名詞」（相當於英語的 mine）為「～的東西」之意。在使用時會和定冠詞連用，並會依取代之名詞的陰陽性、單複數產生下列變化。

42_0

所有者 ＼ 代替事物之性質	陽性單數	陰性單數	陽性複數	陰性複數
我的東西	le mien [lə mjɛ̃]	la mienne [la mjɛn]	les miens [le mjɛ̃]	les miennes [le mjɛn]
你的東西	le tien [lə tjɛ̃]	la tienne [la tjɛn]	les tiens [le tjɛ̃]	les tiennes [le tjɛn]
他的東西 她的東西	le sien [lə sjɛ̃]	la sienne [la sjɛn]	les siens [le sjɛ̃]	les siennes [le sjɛn]
我們的東西	le nôtre [lə notr]	la nôtre [la notr]	les nôtres [le notr]	
您的東西 你們的東西	le vôtre [lə votr]	la vôtre [la votr]	les vôtres [le votr]	
他們的東西 她們的東西	le leur [lə lœr]	la leur [la lœr]	les leurs [le lœr]	

> 和所有格形容詞的 notre、votre 相比，nôtre、vôtre 的發音為長音。
> 搭配介系詞 à、de 使用時要用縮寫（陰性單數形除外）。

à＋le mien...	au mien	à la mienne	aux miens	aux miennes
de＋le mien...	du mien	de la mienne	des miens	des miennes

Mes parents parlent avec *les tiens*.（＝tes parents）
我的父母正在和你的（父母）聊天。

Est-ce que vous préférez ma robe ou sa robe ?

— Je préfère *la vôtre* à *la sienne*. （＝votre robe à sa robe）

您比較喜歡我的洋裝還是她的洋裝？

－我比較喜歡您的那件勝過於她的。

C'est ton verre?

—Non, ce n'est pas *le mien*. C'est celui de Sophie.

這一杯是你的嗎？

－不，這不是我的。這是蘇菲的。

請試著比較下列例句。

C'est *ma montre*.	這是我的手錶。
C'est *à moi*.	這是我的。
C'est *celle de Jérome*.	這是哲羅姆的（某事物）。
C'est *la mienne*.	這是我的。

Leçon 43

Les adjectifs indéfinis et les pronouns indéfinis

不定形容詞、
不定代名詞

本課要介紹的是用於表示無明確對象、不特定的「人」或「物」的不定形容詞及不定代名詞。不定代名詞 on 請參考第 11 課 (p.106)。

43.1 tout 的用法

43_1

陽性單數	陰性單數	陽性複數	陰性複數
tout [tu]	toute [tut]	tous [tu (tus)]	toutes [tut]

 陽性複數形的 tous [tus]，是當作代名詞用時的發音。

1 當作形容詞用時：「全～（單數）」、「所有的～（複數）」

單複數 陰陽性	單數		複數	
陽性	tout le temps	隨時	tous les étudiants	所有的男學生
陰性	toute la journée	整天	toutes les étudiantes	所有的女學生

Toute la classe n'a pas pu répondre à cette question difficile.

全班的人都答不出這個困難的題目。

除了 tout le 或 toute la 等用法之外，指示形容詞（如例句中的 ces）或所有格形容詞（如例句中的 mon）有時也可代替定冠詞（le, la, les）。

Je vais acheter toutes ces fleurs.

我會買下所有的花。

J'ai perdu tout **mon** argent au casino.

我在賭場用光了手邊所有的錢。

2 當成代名詞用：tout「所有、全部（單數）」、tous、toutes「大家、所有的人‧事物（複數）」

Tout est prêt.	一切都準備好了。
Vous êtes *tous* stagiaires?[1]	各位都是實習生嗎？
Où sont mes bagues?	我的戒指在哪裡？
— *Toutes* sont dans le baguier.	— 全都在首飾盒裡。

1 ➡ tous 的發音為 [tus]。

➡ 請透過下列例句比較當 tout(e)(s) 作為「形容詞」及「代名詞」使用時，兩者之間的差異。

Je connais *toutes* *les* étudiantes.　我認識所有的女學生。

Elles‿habitent *toutes* *au* foyer d'étudiant.　她們都住在宿舍。

3 當成副詞用：tout「（置於形容詞前）完全地，非常」

Ils sont *tout* jeunes.	他們非常年輕。
Elles sont *tout* étonnées.	她們都非常地驚訝。

> 當成副詞用時，通常不會發生任何變化，但若置於以子音或啞音 h 開頭的陰性形容詞之前，則要改用 toute(s)。
>
> Elles sont *toutes* tristes.　她們非常地悲傷。

43.2 其他不定形容詞與不定代名詞

43_2

不定形容詞	例句	不定代名詞	例句
quelques＋名詞 [kɛlk] 一些的～ 一些人的～	J'ai *quelques* amies. 我有幾個朋友。	quelques-un(e)s [kɛlkzœ̃ (kɛlkzynə)] 一些 一些人	*Quelques-unes* vivent seules. 有些（人）獨居。
plusieurs＋名詞 [plyzjœr] 許多的～ 多人的～	J'ai *plusieurs* amis. 我有許多朋友。	plusieurs [plyzjœr] 許多 多位	*Plusieurs* vivent en couple. 好幾位（朋友）同居在一起。
certain(e)s＋名詞 [sɛrtɛ̃] 一些～ 幾個～	J'ai pris *certaines* photos. 我拍了一些照片。	certain(e) [sɛrtɛ̃ (sɛrtɛnə)] 一些東西 幾個人	*Certaines* sont ratées. 有一些（照片）拍壞了。

d'autres＋名詞 [dotr] 其他幾個~ 其他幾位~	J'ai pris *d'autres* photos. 我拍了其他好幾張照片。	d'autres [dotr] 其他 其他人	*D'autres* sont réussies. 其他的（照片）拍得很成功。
chaque＋名詞 [ʃak] 各自的~ 每一個~	Je connais *chaque* étudiant. 我認識每一個學生。	chacun(e) [ʃakœ̃ (ʃakynə)] 每個人 各自	*Chacun* habite en banlieue. 每個人都住在郊區。
tout..＋定冠詞＋名詞 [tu] 所有的~	Je connais *toutes* les étudiantes. 我認識所有的學生。	tout... [tu] 一切 所有的人	Elles habitent *toutes* en ville. 她們全都住在市區。

不定代名詞	例句
quelqu'un [kɛlkœ̃] 誰 某人	Vous attendez *quelqu'un*? — Non, je *n*'attends *personne*. 您在等某人嗎？ －不，我沒在等人。
quelque chose [kɛlkʃoz] 某物，某事	Tu as besoin de *quelque chose*? — Non, je *n*'ai besoin de *rien*. 你需要什麼東西嗎？ －不，我什麼都不需要。
n'importe où...[1] [nɛ̃pɔrtu] 無論何處	On va déjeuner où? — *N'importe où*. 我們要在哪裡吃中餐？ －哪裡都可以。
n'importe lequel… [nɛ̃pɔrt ləkɛl] 無論何物 任何人	Tu mets quelle cravate? — *N'importe laquelle*. 你要戴哪一條領帶？ －都可以。

➡ 其他的不定代名詞還有 n'importe qui、n'importe quoi、n'importe quand 等。

否定句（2）

1 本課要介紹的是 ne ~ pas 以外的否定形。

否定形	例句
ne ~ plus [n(ə)] [ply] 不再~	Mes enfants **ne** croient **plus** au Père Noël. 我的孩子們不再相信聖誕老人。
ne ~ jamais [n(ə)] [ʒamɛ] 從不~	Il **ne** montre **jamais** ses faiblesses. 他從不示弱。
ne ~ guère [n(ə)] [gɛr] 幾乎沒有	Elle **ne** boit **guère** de bière. 她幾乎不喝啤酒。
ne ~ que[1] [n(ə)] [kə] 只有	Je **ne** dors **que** quatre heures par jour. （= Je dors seulement quatre heures par jour.） 我一天只睡四小時。
ne ~ ni... ni... [n(ə)] [ni] [ni] 既不~也不~	Il **n**'est **ni** jeune **ni** beau. （= Il n'est pas jeune et il n'est pas beau.） 他既不年輕也不帥。
ne ~ rien [n(ə)] [rjɛ̃] 什麼~都不	Je **n**'ai **rien** à dire. 我無話可說。
ne ~ aucun(e)... [n(ə)] [okœ̃ (okyn)] 沒有任何~	Vous **n**'avez **aucun** soucis? 您什麼煩惱都沒有嗎？
ne ~ personne [n(ə)] [pɛrsɔn] 沒有人	Il **n**'y a **personne** dans la rue. 街上一個人都沒有。

1 ➡ 嚴格來說，ne ~ que 並非否定的用法，而是表示限定、限制，所以 ne ~ que 後面的不定冠詞及部分冠詞不會用表示否定的 de。

Elle **ne** lit **que des** romans d'amour.　　　　　她只看愛情小說。

2 ne ~ aucun(e) 與 ne ~ personne，若出現在下列的句型中，否定形的位置會不一樣。

(a) 若為複合時的情況

Je *n* 'ai *rien* fait hier. 　　　　　　　我昨天什麼事都沒做。

Je *n* 'ai mangé *aucune* viande. 　　　我完全不吃肉。

Je *n* 'ai vu *personne*. 　　　　　　　我沒看到任何人。

(b) 若為＜動詞＋不定式＞

Je *ne* veux *rien* faire aujourd'hui. 　　我今天什麼事都不想做。

Je *ne* peux manger *aucune* viande. 　　我一點肉也吃不下。

Je *ne* veux voir *personne*. 　　　　　我誰都不想見。

3 部分的否定形可以合併使用

Il *n'* y a *plus personne* ici. 　　　　　這裡一個人也沒有。

Elle *ne* mange *jamais rien* le matin. 　　她早晨從不吃任何東西。

Je *n'* ai *guère que* cinq euros. 　　　　我只有區區的 5 歐元。

Leçon 45 — 直陳式 未完成過去時

L'indicatif imparfait

直陳式複合過去時（passé composé）是「做了〜」之意，表示過去某一時間點或期間已經發生完的行為，而本課要介紹的**直陳式未完成過去時**（簡稱「未完成過去時」），廣義地說，主要是表達在過去發生、持續一段時間的動作、狀態，為「曾經〜」「當時〜」之意。

45.1 未完成過去時的變化／位

45_1

① 將動詞「直陳式現在時」的第一人稱複數形（nous）的字尾 -ons 拿掉後即為語幹，再加上「直陳式未完成過去」時的字尾即可。

字尾		écouter (nous écoutøñs)		choisir (nous choisissøñs)		faire (nous faisøñs)	
je	-ais [ɛ]	j'	écout**ais** [ʒekute]	je	choisiss**ais** [ʒə ʃwazisɛ]	je	fais**ais** [ʒə fəzɛ]
tu	-ais [ɛ]	tu	écout**ais** [ty ekute]	tu	choisiss**ais** [ty ʃwazisɛ]	tu	fais**ais** [ty fəzɛ]
il	-ait [ɛ]	il	écout**ait** [ilekute]	il	choisiss**ait** [il ʃwazisɛ]	il	fais**ait** [il fəzɛ]
nous	-ions [jɔ̃]	nous	écout**ions** [nuzekutjɔ̃]	nous	choisiss**ions** [nu ʃwazistjɔ̃]	nous	fais**ions** [nu fəzjɔ̃]
vous	-iez [je]	vous	écout**iez** [vuzekutje]	vous	choisiss**iez** [vu ʃwazisje]	vous	fais**iez** [vu fəzje]
ils	-aient [ɛ]	ils	écout**aient** [ilzekute]	ils	choisiss**aient** [il ʃwazisɛ]	ils	fais**aient** [il fəzɛ]

要特別注意 manger 與 commencer 這兩類動詞在搭配 nous、vous 時的動詞變位的拼字。

2 只有 **être** 的語幹是例外的變位。

être （例外）	j'étais [ʒetɛ]	avoir (nous avØɲʂ)	j'avais [ʒavɛ]

45.2 未完成過去時的用法

45_2

1 表示過去持續的動作、狀態：表達「曾經～」

〔未完成過去時〕　　　　〔複合過去時〕　　　　　　〔現在時〕

Ce matin, il **faisait** beau.
今天早上天氣還很好。

Maintenant, il **pleut**.
現在正在下雨。

Tout à coup, le temps **a changé**.
突然就變天了。

Hier soir, vous **écoutiez** quelle musique?
昨晚您在聽什麼音樂？

Olivier **était** vachement coquin quand il **était** petit.
奧利佛小的時候是個非常調皮的孩子。

Quand ma sœur est entrée dans ma chambre, je **me changeais**.
妹妹進入房間時，我正在換衣服。

> 　　有一種説法認為，複合過去時是「點的過去」，未完成過去時則是「線的過去」。這種「點與線」的概念和時間的長短無關，主要是以説話者的主觀想法為依據。
> 　　請試著比較下列例句。若有「**明確的起迄時段**」，即使是持續進行的行為也一樣要用複合過去時。
> 　　　Avant, j'**habitais** à Nice.　　　以前我住在尼斯。
> 　　　Pendant dix ans, j'**ai habité** à Nice.　　我在尼斯住了十年。

2 描寫過去的情景（描寫某行為的狀況、人物的心理狀態等）。是在文學作品中常見的用法。

> Je suis arrivé à une ville. La pluie *commençait* à tomber.
> Il n'y *avait guère* de gens dans la rue,
> un silence profond *régnait* dans cette ville.
> 我來到了某個城市。天空（當時）開始下起雨來。
> 街上（當時）幾乎沒有半個人，
> 整個城市籠罩在一片寂靜中。

3 表示過去的習慣、一再重覆發生的行為。

> Avant il *fumait* beaucoup, mais maintenant il ne fume plus.
> 以前他常抽菸，但現在已經不抽了。
> Tous les vendredis, ma fille *chantait* à la chorale de l'école.
> 以前每週五，我的女兒都在學校的合唱團唱歌。

4 表示過去時的近未來時及近過去時。**(p.137)**

> Ah, *j'allais* oublier mon parapluie.
> 哦，我差點忘了我的傘。
> Mon fils *venait* de sortir quand je suis rentré.
> 回到家時，我兒子正要出門。

5 由「直接引述」改為「間接引述」時，若主要子句為過去時，從屬子句也必須是過去時（對應主要子句的時態），而未完成過去時則是用於表示「在過去裡的現在時」。**(p.257、258)**

> Elle m'a dit : « Je suis très occupée. »　　她跟我說：「我很忙。」
> → Elle m'a dit qu'elle *était* très occupée.　她跟我說她很忙。

 從屬子句裡的未完成過去式，要用現在時來翻譯。

直陳式愈過去時

直陳式愈過去時（簡稱愈過去時）主要是表示，過去事件之前所發生的另一則事件的時態。

46.1 愈過去時的變化／位

46_1

助動詞（avoir、être）的直陳式未完成過去時＋過去分詞			
dîner		**arriver**	
j'	avais dîné	j'	étais arrivé(e)
	[ʒavɛ dine]		[ʒetɛzarive]
tu	avais dîné	tu	étais arrivé(e)
	[tyavɛ dine]		[tyetɛzarive]
il	avait dîné	il	était arrivé
	[ilavɛ dine]		[iletɛtarive]
nous	avions dîné	nous	étions arrivé(e)s
	[nuzavjɔ̃ dine]		[nuzetjɔ̃zarive]
vous	aviez dîné	vous	étiez arrivé(e)(s)
	[vuzavje dine]		[vuzetjezarive]
ils	avaient dîné	ils	étaient arrivés
	[ilzavɛ dine]		[ilzetɛtarive]

46.2 愈過去時的用法

46_2

1 此用法相當於英語的過去完成式，是用於表示「過去的某個時點已經完成的動作、狀態」。

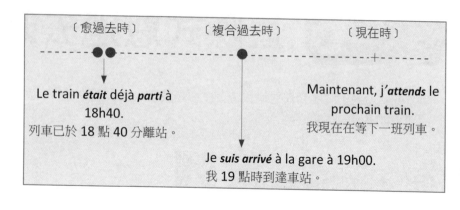

〔愈過去時〕　　　〔複合過去時〕　　　〔現在時〕

Le train *était* déjà *parti* à 18h40.
列車已於 18 點 40 分離站。

Maintenant, j'*attends* le prochain train.
我現在在等下一班列車。

Je *suis arrivé* à la gare à 19h00.
我 19 點時到達車站。

Quand les agents de police sont arrivés, le malfaiteur
avait déjà fui de son appartement.
當警察趕到時，犯人已經**逃離**他的公寓。

② 用來表達比過去某個習慣或一再重覆的行為（以未完成過去時表示）更早發生的習慣或（一再重覆的）行為。

Quand mon père *avait fini* son travail, il allait boire au bar.
以前父親工作**結束**後，都會去酒吧喝酒。

③ 由「直接引述」改為「間接引述」時，若主要子句為過去式，從屬子句也必須是過去式（對應主要子句的時態），而「愈過去時」則是用於表示「在過去裡的過去時」。**(p.257、258)**

Il m'a raconté : « Je l'ai rencontrée en soirée. »
他跟我說 :「我在晚會遇到過她。」

→ Il m'a raconté qu'il l'*avait rencontrée* en soirée.
他跟我說他曾在晚會上遇過她。

 從屬子句的愈過去時，要用複合過去時來翻譯。

47

直陳式
簡單過去時

　　過去時的表達方式中，我們已經學習過「複合過去時」、「未完成過去時」、「愈過去時」。接下來要介紹的**直陳式簡單過去時**（簡稱簡單過去時），通常是記載歷史事件、傳記或小說等和過去有關的文章時，所使用的時態，為書面用語。

47.1 簡單過去時的變化／位

47_1

　　先利用字尾的母音分類，將簡單過去時分為 4 類形態，分別為 a 形、i 形、in 形、u 形，再將之和各種動詞不定式做組合匯整後，便能整理出下表中的結果。而語幹則分為可由「過去分詞」類推的，以及不能由「過去分詞」類推的兩種。

> ➤ -er 動詞全部都是 a 形
> ➤ -ir 動詞大部分為 i 形（部分的 venir、tenir 為 in 形）
> ➤ -re 動詞分為 i 形及 u 形
> ➤ -oir 動詞大部分為 u 形

字尾		aimer（aimé）	
je	-ai [e]	j'	aim*ai* [ʒɛme]
tu	-as [a]	tu	aim*as* [ty ɛma]
il	-a [a]	il	aim*a* [ilɛma]
nous	-âmes [am]	nous	aim*âmes* [nuzɛmam]
vous	-âtes [at]	vous	aim*âtes* [vuzɛmat]
ils	-èrent [ɛr]	ils	aim*èrent* [ilzɛmer]

字尾		finir （fini）	
je	-is [i]	je	fin**is** [ʒə fini]
tu	-is [i]	tu	fin**is** [ty fini]
il	-it [i]	il	fin**it** [il fini]
nous	-îmes [im]	nous	fin**îmes** [nu finim]
vous	-îtes [it]	vous	fin**îtes** [vu finit]
ils	-irent [ir]	ils	fin**irent** [il finir]

字尾		venir （venu）	
je	-ins [ɛ̃]	je	v**ins** [ʒə vɛ̃]
tu	-ins [ɛ̃]	tu	v**ins** [ty vɛ̃]
il	-int [ɛ̃]	il	v**int** [il vɛ̃]
nous	-înmes [ɛ̃m]	vint	v**înmes** [nu vɛ̃m]
vous	-întes [ɛ̃t]	vous	v**întes** [vu vɛ̃t]
ils	-inrent [ɛ̃r]	ils	v**inrent** [il vɛ̃r]

字尾		vouloir （voulu）	
je	-us [y]	je	voul**us** [ʒə vuly]
tu	-us [y]	tu	voul**us** [ty vuly]
il	-ut [y]	il	voul**ut** [il vuly]
nous	-ûmes [ym]	nous	voul**ûmes** [nu vulym]
vous	-ûtes [yt]	vous	voul**ûtes** [vu vulyt]
ils	-urent [yr]	ils	voul**urent** [il vulyr]

由於是記載歷史及撰寫小說時所使用的時態，故特別常以第三人稱表達。下表為主要的動詞，括號內為過去分詞。

a 形	aller（allé）	il alla [ilala]	in 形	tenir（tenu）	il tint [il tɛ̃]
i 形	partir（parti）	il partit [il parti]	u 形	mourir（mort）	il mourut [il mury]
	dire（dit）	il dit [il di]		lire（lu）	il lut [il ly]
	faire（fait）	il fit [il fi]		croire（cru）	il crut [il kry]
	naître（né）	il naquit [il naki]		vivre（vécu）	il vécut [il veky]
	écrire（écrit）	il écrivit [ilekrivi]		être（été）	il fut [il fy]
	conduire（conduit）	il conduisit [il kɔ̃dɥizi]		avoir（eu）	il eut [ily]
	prendre（pris）	il prit [il pri]		savoir（su）	il sut [il sy]
	attendre（attendu）	il attendit [ilatɑ̃di]		devoir（dû）	il dut [il dy]
	voir（vu）	il vit [il vi]		pouvoir（pu）	il put [il py]

47.2 簡單過去時的用法

47_2

1 用於表達「發生在過去時間點」、「與現在沒有任何關係」的行為與事件。

Marie Antoinette **naquit** à Vienne en 1755.

瑪麗・安托瓦內特於 1755 年生於維也納。

La première Guerre mondiale **éclata** en 1914.

第一次世界大戰**爆發**於 1914 年。

> 「簡單過去時」與「複合過去時」兩者都是表示「**點**的過去」，不過「複合過去時」大多與現在狀況會有某種連結，常用於會話及信件等一般日常生活。

2 在文學作品中用於表示過去狀況的敘述（依序描述接連發生的事件）。這類用來「敘述」的「簡單過去時」，常會與「描寫景像、狀態」的「未完成過去時」搭配使用。

Le patron **ferma** la fenêtre, **éteignit** la lampe,

et **descendit** seul au sous-sol. Il **ouvrit** la porte,

donna un morceau de pain à son domestique qui s'y accroupissait.

主人**關上**窗戶，**關掉**燈，

然後獨自**下去**地下室。他**打開**門，

拿了一塊麵包給蹲在那裡的僕人。

48 直陳式先過去時

直陳式先過去時（簡稱先過去時）也是書面用語，經常以第三人稱表達。

48.1 先過去時的變化／位

48_1

助動詞（avoir、être）的直陳式簡單過去時＋過去分詞					
mettre			**monter**		
j'	eus	mis	je	fus	monté(e)
		[ʒy mi]			[ʒə fy mõte]
tu	eus	mis	tu	fus	monté(e)
		[ty y mi]			[ty fy mõte]
il	eut	mis	il	fut	monté
		[ily mi]			[il fy mõte]
nous	eûmes	mis	nous	fûmes	monté(e)s
		[nuzym mi]			[nu fym mõte]
vous	eûtes	mis	vous	fûtes	monté(e)(s)
		[vuzyt mi]			[vu fyt mõte]
ils	eurent	mis	ils	furent	montés
		[ilzyr mi]			[il fyr mõte]

48.2 先過去時的用法

48_2

先過去時通常會以「表示時間的從屬子句」（例如連接詞組等¹）的形式出現，作用是描述在主要子句（以簡單過去時表示）發生不久前且結束的事件。

Quand le soldat *fut descendu* du train, sa femme cria son prénom.

當士兵步下火車，他的妻子呼喚了他的名字。

Dès que cet homme *fut entré* dans la banque, il braqua son
fusil sur les clients.

那位男子一進入銀行，就把槍口對著銀行內的客人。

1 ➡ 連接詞組也就是以像是 quand 或 lorsque「當～時」、dès que 或 aussitôt que「一～
就～」等開頭的子句 (p.235、236)。

➡ 請試著比較下列兩例句。

Elle dîna, puis elle monta dans sa chambre.

她吃了晚餐，接著回她的房間。

Aussitôt qu' elle *eut dîné* , elle monta dans sa chambre.

她一吃完晚餐後馬上就回她的房間。

49 直陳式 簡單未來時

接下來要介紹的是**直陳式簡單未來時**（簡稱簡單未來時），是表示未來的行為及狀態的時態。

49.1 簡單未來時的變化／位

49_1

1 將動詞不定式字尾的 **-r**、**-re** 去掉後即為語幹，再將直陳式簡單未來時的字尾加上去即可。

字尾		changer（change*r*）		partir（parti*r*）		attendre（attend*re*）	
je	-rai [re]	je	change*rai* [ʒə ʃɑ̃ʒre]	je	parti*rai* [ʒə partire]	j'	attend*rai* [ʒatɑ̃dre]
tu	-ras [ra]	tu	change*ras* [ty ʃɑ̃ʒra]	tu	parti*ras* [ty partira]	tu	attend*ras* [ty atɑ̃dra]
il	-ra [ra]	il	change*ra* [il ʃɑ̃ʒra]	il	parti*ra* [il partira]	il	attend*ra* [ilatɑ̃dra]
nous	-rons [rɔ̃]	nous	change*rons* [nu ʃɑ̃ʒrɔ̃]	nous	parti*rons* [nu partirɔ̃]	nous	attend*rons* [nuzatɑ̃drɔ̃]
vous	-rez [re]	vous	change*rez* [vu ʃɑ̃ʒre]	vous	parti*rez* [vu partire]	vous	attend*rez* [vuzatɑ̃dre]
ils	-ront [rɔ̃]	ils	change*ront* [il ʃɑ̃ʒrɔ̃]	ils	parti*ront* [il partirɔ̃]	ils	attend*ront* [ilzatɑ̃drɔ̃]

2 **peser** 和 **appeler** 這兩種類型的語幹，是由直陳式現在時第一人稱單數
　（je）的變位轉換而來。

peser （je pèse）	je pèserai [ʒə pɛzre]	appeler （j'appelle）	j' appellerai [ʒapɛlre]

3 語幹為特殊變化的特殊動詞

être	je serai [ʒə s(ə)re]	avoir	j' aurai [ʒore]
aller	j'irai [ʒəire]	venir	je viendrai [ʒə vjɛdre]
courir	je courrai [ʒkur(r)e]	envoyer	j'enverrai [ʒãvere]
faire	je ferai [ʒə fre]	voir	je verrai [ʒə vəre]
savoir	je saurai [ʒə sɔre]	devoir	je devrai [ʒə dəvre]
pouvoir	je pourrai [ʒə pure]	vouloir	je voudrai [ʒə vudre]
pleuvoir	il pleuvra [il pløvra]	falloir	il faudra [il fodra]

49.2 簡單未來時的用法

49_2

1 用於表示未來的行為、狀態以及意志。

〔現在時〕　　　　　　　　　　　　　　　　　〔簡單未來時〕

Maintenant, il habite à Tokyo.　　　　　Plus tard, il déménagera à Kyoto.
現在，他住在東京。　　　　　　　　　　　之後，他會搬到京都。

Il *neigera* beaucoup demain.

明天會下大雪。

Elles *seront* contentes de votre arrivée.

她們會很高興您的到來。

J'*aurai* trente ans le mois prochain.

我下個月滿 30 歲。

A partir de quelle date *commencera* la rentrée ?

新學期是哪一天開始？

中性代名詞 y，若置於 aller 的簡單未來時之前則會省略。

Tu iras au carnaval de Rio l'année prochaine?

— Oui, j'irai avec ma famille.　　~~— Oui, j'y irai avec ma famille.~~

明年你會去里約的嘉年華嗎？

—會，我會和家人一起去。

② 主詞為第二人稱（**tu, vous**）時，是表示語氣和緩的要求、請求。

Tu *iras* chercher le petit à la maternelle.

（請）你去幼稚園接小孩。

Vous me *téléphonerez* dès votre retour.

請您一回到家馬上打電話給我。

50

直陳式先未來時

直陳式先未來時（簡稱先未來時）是表示未來完成時的時態。

50.1 先未來時的變化／位

50_1

助動詞（avoir、être）的直陳式簡單未來式＋過去分詞					
	faire			sortir	
j'	aurai [ʒɔre fɛ]	fait	je	serai [ʒə s(ə)re sɔrti]	sorti(e)
tu	auras [tyɔra fɛ]	fait	tu	seras [ty s(ə)ra sɔrti]	sorti(e)
il	aura [ilɔra fɛ]	fait	il	sera [il s(ə)ra sɔrti]	sorti
nous	aurons [nuzɔrɔ̃ fɛ]	fait	nous	serons [nu s(ə)rɔ̃ sɔrti]	sorti(e)s
vous	aurez [vuzɔre fɛ]	fait	vous	serez [vu s(ə)re sɔrti]	sorti(e)(s)
ils	auront [ilzɔrɔ̃ fɛ]	fait	ils	seront [il s(ə)rɔ̃ sɔrti]	sortis

50.2 先未來時的用法

50_2

此用法相當於英文的未來完成式，是用於表示在未來的某一時間可以完成的行為、狀態。

〔現在時〕　　　　　〔先未來時〕　　　〔簡單未來時〕

- - - - - -+- - - - - - - - - - - - - - ■■- - - - - - - - - ■- - - - - -

Maintenant, je suis dans le bus.
　　　我現在在公車上。

J'arriverai à la fac vers
9h30.
我九點半左右會到大學。

Le cours aura commencé quand j'arriverai à la fac.
當我抵達大學時，到時應該已經開始上課了。

Ma femme *se sera couchée* quand je rentrerai à la maison.

當我回家的時候，妻子應該已經就寢了。

Range la vaisselle toi-même quand tu *auras mangé*.

到時吃完飯你要自己把碗盤收拾乾淨。

La réunion *aura fini* dans une heure.

會議會在一小時後結束。

❶ 先未來時可以用在以 quand 等表示時間的從屬子句，也可以用在主要子句。

❷ être 是表達狀態的動詞，若為＜être＋形容詞（過去分詞）＞的句子，有時會用簡單未來式代替先未來式。

Nous ferons le tour du monde quand nos enfants *seront* grands.

當孩子們長大後，我們將會去世界各地旅行。

51

時間的表達（2）

51.1 時間：分別以現在、過去、未來為基準點的時間表達

接下來綜合到目前為止學過的時態，一起來看看各類時間的表達方式 (2)。

1 以現在為基準點的時間表達方式

en ce moment　現在 [ɑ̃ sə mɔmɑ̃]				
avant-hier [avɑ̃tjɛr] 前天	hier [jɛr] 昨天	aujourd'hui [oʒurdɥi] 今天	demain [d(ə)mɛ̃] 明天	après- demain [aprɛdmɛ̃] 後天
	hier soir [jɛr swar] 昨晚	ce soir [sə swar] 今晚	demain soir [d(ə)mɛ̃ swar] 明晚	
il y a deux semaines [ilija dø s(ə)mɛn] 上上週	la semaine dernière [la s(ə)mɛn dɛrnjɛr] 上週	cette semaine [sɛt s(ə)mɛn] 本週	la semaine prochaine [la s(ə)mɛn prɔʃɛn] 下週	dans deux semaines [dɑ̃ dø s(ə)mɛn] 下下週
il y a deux mois [ilija dø mwa] 上上個月	le mois dernier [lə mwa dɛrnje] 上個月	ce mois (-ci) [sə mwa (si)] 本月	le mois prochain [lə mwa prɔʃɛ̃] 下個月	dans deux mois [dɑ̃ dø mwa] 下下個月
il y a deux ans [ilija dø ɑ̃] 前年	l'année dernière [lane dɛrnjɛr] 去年	cette année [sɛt ane] 今年	l'année prochaine [lane prɔʃɛn] 明年	dans deux ans [dɑ̃ døzɑ̃] 後年

Nous vous enverrons les invitations **dans huit jours**.[1]

我們會在一週後將邀請卡寄給您。

Ce matin, tu faisais quoi dans le garage?

今天早上你在車庫做什麼？

51_1

1 ➡ 在法文中，週數是以下列的方式表達。

une semaine = huit jours 一週   deux semaines = quinze jours 兩週

---

2 以過去、未來為基準點來看時間的表達方式：時態的基準點一旦改變，時間的表達方式也會改變

à ce moment-là 那時 [a sə mɔmɑ̃la]				
l'avant-veille [lavɑ̃vɛj] 大前天	la veille [la vɛj] 前一天	ce jour-là [sə ʒurla] 當天	le lendemain [lə lɑ̃dmɛ̃] 隔天	le surlendemain [lə syrlɑ̃dmɛ̃] 大後天
	la veille au soir [la vɛj o swar] 前一晚	ce soir-là [sə swarla] 當晚	le lendemain soir [lə lɑ̃dmɛ̃swar] 隔夜	
deux semaines plus tôt [dø s(ə)mɛn plys to] 兩週前	la semaine précédente [la s(ə)mɛn presedɑ̃t] 上一週	cette semaine-là [sɛt s(ə)mɛnla] 當週	la semaine suivante [la s(ə)mɛn sɥivɑ̃t] 隔週	deux semaines plus tard [dø s(ə)mɛn plys tar] 兩週後
deux mois plus tôt [dø mwa plys to] 兩個月前	le mois précédent [lə mwa presedɑ̃] 上一個月	ce mois-là [sə mwa la] 當月	le mois suivant [lə mwa sɥivɑ̃] 隔月	deux mois plus tard [dø mwa plys tar] 兩個月後
deux ans plus tôt [døzɑ̃ plys to] 兩年前	l'année précédente [lane presedɑ̃] 一年前	cette année-là [sɛtanela] 當年	l'année suivante [lane sɥivɑ̃t] 隔年	deux ans plus tard [døzɑ̃ plys tar] 二年後

Je suis arrivé à Londres le 20 décembre.

Ce jour-là, il faisait froid parce qu'il avait neigé *la veille*.

Et *le lendemain*, je suis parti pour Paris.

我 12 月 20 日抵達倫敦。

當天非常地寒冷，因為前一天下雪。

隔天，我出發前往巴黎。

Il fut élu député en 1902 et il démissiona *trois ans plus tard*.

他於 1902 年當選眾議員，並於三年後辭職。

Vous reviendrez *dans une ou deux semaines*. A *ce moment-là*, je vous passerai vos commandes.

請於一至兩週後再過來。到時我會將您訂購的物品交給您。

51.2 期間的表達

介系詞	
en [ɑ̃]	（表示所需時間）花費～
depuis [dəpɥi]	（表示持續的一段時間）自從～以後，從～以前開始
pour [pur]	（表示預期中的一段時間）預定～
pendant [pɑ̃dɑ̃]	（表示一段時間）在～期間

Ma mère prépare de bons petits plats *en* vingt minutes.

我媽媽花 20 分鐘做了幾道可口的菜。

Il ne conduit pas *depuis* son accident.[1]

他自從發生意外之後就不再開車了。

51_2

<ça fait＋期間＋que>、<il y a＋期間＋que>表示「自從～已經（一段期間）」，和 depuis 的語意相同，也很常用，但要特別小心別和 Il y a「在～之前」混淆了。

Il y a trente ans *que* nous sommes mariés.

我們結婚**已經** 30 年了。

Il y a trente ans, nous nous sommes mariés.

30 年**前**，我們結婚了。

51.3 同時性的表達

連接詞			
quand [kɑ̃] lorsque [lɔrsk(ə)]	當～時	tant que [tɑ̃ kə] aussi longtemps que [osi lɔ̃tɑ̃ kə]	只要～
pendant que [pɑ̃dɑ̃ kə]	在～期間	chaque fois que [ʃak fwa kə]	每當～

Je lisais **pendant que** mon bébé faisait la sieste.

寶寶午睡的期間，我在看書。

Tant que le mauvais temps continuera comme ça, l'avion ne pourra pas partir.

若惡劣的天氣一直持續的話，飛機將無法起飛。

51_3

51_4

介系詞（介系詞片語）		連接詞片語	
dès＋名詞 [dɛ]	一～就	dès que [dɛkə] aussitôt que [osito kə]	一～就～
après＋名詞 [aprɛ] après＋不定式複合形 [aprɛ]	～之後	après que [aprɛ kə]	～之後
avant＋名詞 [avɑ̃] avant de＋不定式 [avɑ̃ də]	～之前	avant que (ne)＋虛擬式 [avɑ̃ kə (n(ə))]	～之前
jusqu'à＋名詞 [ʒyska]	直到～	jusqu'à ce que＋虛擬式 [ʒyska sə kə]	直到～

Après avoir acheté un sandwich, il a pris le métro.

（＝Il a acheté un sandwich et il a pris le métro.）

買了一個三明治後，他就去搭地鐵。

Attends-moi *jusqu'à ce que* je revienne.[1]

待在這裡等到我回來為止。

1 ➡ 關於虛擬式，請見 (p.245)。

被動語態

「愛」是主動語態（voix active），「被愛」就是被動語態（voix passive）。本課要介紹的即為**被動語態**。

1 法文被動語態的表達方式如下所示。過去分詞要與主詞的陰陽性、單複數一致。

> 助動詞（être 的變位）＋及物動詞的過去分詞＋（par、de＋執行者）

➡ 有時即使句子中沒有如上表中的 par/de 和動作的執行者，被動語態的句子也仍然成立。
Un quart de nos vins sont exportés en Angleterre.
我們的葡萄酒有四分之一是出口到英國。

52_0

(a) 表示單次的行為時，要搭配介系詞 par 使用。
Le facteur distribue les lettres. 〔主動語態〕
→ Les lettres *sont distribuées* par le facteur. 〔被動語態〕
信件是由郵差送達的。

(b) 表示情感或持續的狀態時，要搭配介系詞 de 使用。
Tous les élèves estiment ce professeur. 〔主動語態〕
→ Ce professeur *est estimé* de tous les élèves. 〔被動語態〕
這位老師獲得所有學生的好評。

➡ 下列的動詞是用於表達情感或狀態的動詞。

être respecté	受尊敬的	être aimé	被愛
être connu	知名的	être entouré	被包圍

➡ 法文和英文不同，主動語態的間接受詞，不會成為被動語態的主詞。
Benoît donne ces tulipes à Emilie.
~~Emilie est donnée ces tulipes par Benoît.~~

2 被動語態是利用 être 表示時態。

Elle *est invitée* par Patrick.　　　　　　〔現在時〕
她收到帕特里克的邀請。

Elle *a été invitée* par Patrick.　　　　　　〔複合過去時〕
她已收到帕特里克的邀請。

Elle *était grondée* par sa mère.　　　　　〔未完成過去時〕
她（當時）被媽媽罵了一頓。

Elle *sera grondée* par sa mère.　　　　　〔簡單未來時〕
她（將）會被她媽媽罵。

3 法國人較偏好使用「主動語態」，而且用不定代名詞 on 或代動詞就能夠表示被動語態，所以法文並不像英文那麼地頻繁使用「被動語態」表達。

On critique beaucoup sa parole.　　　　　〔不定代名詞 on〕
（＝Sa parole est beaucoup critiquée.）
他（她）的發言備受批評。　　　　　　　　〔代動詞〕

Le français *se parle* au Canada.
加拿大也說法文。

53

條件式現在時

到目前為止所學習的「直陳式」，是直接描述現實的行為以及狀態的語式。但**條件式**則是描述非現實的假設以及推測的語式。條件式有 2 種時態，現在就先從**條件式現在時**開始看起。

53.1 條件式現在時的變化／位

53_1

只要將直陳式簡單未來時的字尾，換成條件式現在時的字尾即可。所以語幹的例外變化也和簡單未來時相同。

字尾		passer [pase]		faire [fɛr]		vouloir [vulwar]	
je	-rais [rɛ]	je	passerais [ʒə pasrɛ]	je	ferais [ʒə f(ə)rɛ]	je	voudrais [ʒə vudrɛ]
tu	-rais [rɛ]	tu	passerais [ty pasrɛ]	tu	ferais [ty f(ə)rɛ]	tu	voudrais [ty vudrɛ]
il	-rait [rɛ]	il	passerait [il pasrɛ]	il	ferait [il f(ə)rɛ]	il	voudrait [il vudrɛ]
nous	-rions [rjɔ̃]	nous	passerions [nu pasrjɔ̃]	nous	ferions [nu fərjɔ̃]	nous	voudrions [nu vudrjɔ̃]
vous	-riez [rje]	vous	passeriez [vu pasrje]	vous	feriez [vu fərje]	vous	voudriez [vu vudrje]
ils	-raient [rɛ]	ils	passeraient [il pasrɛ]	ils	feraient [il f(ə)rɛ]	ils	voudraient [il vudrɛ]

➡ 條件式現在時的字尾是＜r＋直陳式未完成過去時的字尾＞。

53.2 條件式現在時的用法

53_2

1 將現在式及未來式以和緩委婉的語氣，表達意志、願望等，常用於會話或文章當中。

Je *voudrais* vous voir demain.
我想明天見您。

Est-ce que vous *pourriez* parler un peu plus lentement ?
可以請您講慢一點嗎？

2 表示對現在或未來的推測、傳聞、反諷等。

Selon les experts, le taux de chômage *augmenterait* encore.
據專家們推測，失業率將會再次攀升。

3 表示與現在或未來事實相反的非現實假設。(請見 p.243)

4 由直接引述改為間接引述時，若主要子句為過去式，從屬子句也必須是過去式（對應主要子句的時態）。而條件式現在時則是表示「在過去裡的未來時」。(請見 p.257、258)

Il a ajouté : « Je rentrerai tard. »
他補充說：「我會比較晚回來。」

→ Il a ajouté qu'il *rentrerait* tard.
他補充說他會比較晚回來。

> 從屬子句的條件式現在時，翻譯時要譯為簡單未來式。

Leçon 54 條件式過去時

接下來要介紹的是**條件式過去時**。

54.1 條件式過去時的變化／位

54_1

助動詞（avoir、être）的條件式現在時＋過去分詞	
prendre	**aller**
j' aurais pris [ʒɔrɛ pri]	je serais allé(e) [ʒə s(ə)rɛzale]
tu aurais pris [tyɔrɛ pri]	tu serais allé(e) [ty s(ə)rɛzale]
il aurait pris [ilɔrɛ pri]	il serait allé [il s(ə)rɛtale]
nous aurions pris [nuzɔrjɔ̃ pri]	nous serions allé(e)s [nu s(ə)rjɔ̃zale]
vous auriez pris [vuzɔrje pri]	vous seriez allé(e)(s) [vu s(ə)rjezale]
ils auraient pris [ilzɔrɛ pri]	ils seraient allés [il s(ə)rɛtale]

54.2 條件式過去時的用法

54_2

① 將過去式以和緩委婉的語氣表達後悔、責難。

J'*aurais voulu* parler avec vous.
我當時就想和您談談。

Vous *auriez dû* supporter à ce moment-là.

那時您應該要忍耐才是。

2 表示對過去事件的推測及傳聞。

L'accident de train *aurait fait* beaucoup de victimes.

火車事故當時似乎造成了大量的傷亡。

3 表示與過去事實相反的非現實假設。(請見 p.244)

4 由直接引述改為間接引述時，若主要子句為過去式，從屬子句也必須是
過去式（對應主要子句的時態）。而條件式過去時則是表示「在過去裡
的未來完成時」。(請見 p.257、258)

Elle m'a dit : « Je te rappellerai quand les cours auront fini. »

她對我說：「上完課時，我會再打電話給你。」

→ Elle m'a dit qu'elle me rappellerait quand les cours *auraient fini*.

她對我說過上完課就會再打電話給我。

➡ 從屬子句的條件式過去時，要譯為先未來時。

Leçon 55 假設語氣

本課要介紹的是，如何以某個條件為基準進行假設。在一個表達出假設語氣的句子中，從屬子句主要是傳達出假設，而主要子句則是做出推論，所以會依據從屬子句（以連接詞 si 引導）而做出推論者，即為主要子句。

55_0

1 現在或未來的單純假設：表達「如果～」。請見以下結構：

> Si＋直陳式現在時, 直陳式簡單未來時
> （Si + l'indicatif présent, l'indicatif futur simple）
>
> Si＋直陳式現在時, 直陳式現在時
> （Si + l'indicatif présent, l'indicatif présent）

*S'*il *fait* beau demain, j'*irai* à la plage.

如果明天天氣好，我就去海邊。

Si vous *partez* tout de suite, vous *attraperez* le train du matin.

要是您現在馬上出發，就能趕上早班的火車。

Si tu *sors*, je *vais* avec toi.

如果你要出門，我就和你一起去。

Si vous *voulez*, je vous *accompagne*.

如果您願意，我可以送您一程。

 以上例句的用法是指在現實中只要符合條件，就有可能實現。

2 與現在或未來的事實相反的非現實假設：表達「要是～；如果～」。請見以下結構：

> Si＋直陳式未完成過去時, 條件式現在時
> （Si + l'indicatif imparfait, le conditionnel présent）

S' il *faisait* beau aujourd'hui, j'*irais* à la plage.[1]

今天要是天氣好，我就去海邊了。

Si tu *avais* vingt ans, tu *pourrais* boire de l'alcool.

如果你滿 20 歲，你就可以喝酒了。

1 ➡ 此句表示實際的情況是「天氣很糟所以不能去海邊」，亦即此一假設不可能實現（或是實現的機率非常低）。

➡ ＜Si＋直陳式未完成過去時＞或是＜pouvoir（條件式現在時）＋不定式＞，是表示勸誘、邀約的語氣。

Si nous *allions* en discothèque?

Nous *pourrions aller* en discothèque! ⎫
⎬ 要不要去夜總會？

③ 和過去的事實相反的非現實假設：表達「要是（當時）～；如果（當時）～」

> Si＋直陳式愈過去時, 條件式過去時
> Si + l'indicatif plus-que-parfait, le conditionnel passé

S' il *avait fait* beau hier, je *serais allé(e)* à la plage.[1]

要是昨天天氣好，我就去海邊了。

Si vous *aviez consulté* un médecin plus tôt, votre état ne *se serait* pas autant *aggravé*.

要是您早點去看醫生，病情就不會惡化到這個地步了。

1 ➡ 此句表示實際的情況是「天氣很糟所以不能去海邊」，亦即此一假設不可能實現。

➡ 也可以用à ～ place、avec 或 sans 代替 si 以表示條件式。

A ta place, j'accepterais ce travail.

如果我是你，我就會接受這份工作。

Avec un peu d'attention, il n'aurait pas eu cet accident.

他要是稍微小心一點，就不會遭逢那件意外了。

Leçon

56 虛擬式現在時

Le subjonctif présent

到目前為止我們已經學過直陳式及條件式，接著要介紹的**虛擬式**，主要是用於描述說話者腦中的想法。「虛擬式」共有 4 種時態，首先就從「虛擬式現在時」開始看起。

56.1 虛擬式現在時的變化／位

56_1

① 由直陳式現在時第三人稱複數（**ils** 的動詞變化）去掉字尾 **-ent** 後，再接上「虛擬式現在時」的字尾即可。另外，虛擬式主要多用在從屬子句中，所以在變化時通常會加上連接詞 **que** 用以突顯該句為虛擬式。

字尾		chanter （ils chant*ent*）	sortir （ils sort*ent*）	dire （ils dis*ent*）
que je	-e [不發音]	que je chant**e** [kə ʒə ʃɑ̃t]	que je sort**e** [kə ʒə sɔrt]	que je dis**e** [kə ʒə diz]
que tu	-es [不發音]	que tu chant**es** [kə ty ʃɑ̃t]	que tu sort**es** [kə ty sɔrt]	que tu dis**es** [kə ty diz]
qu' il	-e [不發音]	qu' il chant**e** [kil ʃɑ̃t]	qu' il sort**e** [kilsɔrt]	qu' il dis**e** [kil diz]
que nous	-ions [jɔ̃]	que nous chant**ions** [kə nu ʃɑ̃tjɔ̃]	que nous sort**ions** [kə nu sɔrtjɔ̃]	que nous dis**ions** [kə nu dizjɔ̃]
que vous	-iez [je]	que vous chant**iez** [kə vu ʃɑ̃tje]	que vous sort**iez** [kə vu sɔrtje]	que vous dis**iez** [kə vu dizje]
qu' ils	-ent [不發音]	qu' ils chant**ent** [kil ʃɑ̃t]	qu' ils sort**ent** [kil sɔrt]	qu' ils dis**ent** [kil diz]

➡ 虛擬式現在時的字尾，若搭配 je、tu、il、ils 使用，會與＜-er 動詞的直陳式現在時＞的字尾相同；若搭配 nous、vous 使用，則和＜直陳式未完成過去時＞的字尾相同。但是 être、avoir 的字尾為例外變化。

2 只有 **nous**、**vous** 所使用的動詞，語幹才會和〈直陳式未完成過去時〉
的動詞語幹相同。

acheter （ils achèt~ent~）	prendre （ils prenn~ent~）	boire （ils boiv~ent~）
que j'　　achète [kə ʒa ʃɛt]	que je　　prenne [kə ʒə prɛn]	que je　　boive [kə ʒə bwav]
que nous　achetions [kə nuza ʃ(ə)tjɔ̃]	que nous　prenions [kə nu prənjɔ̃]	que nous　buvions [kə nu byvjɔ̃]
que vous　achetiez [kə vuza ʃ(ə)tje]	que vous　preniez [kə vu prənje]	que vous　buviez [kə vu byvje]

➡ 有 appeler、venir、boire、voir 這 4 種類型的動詞。

3 有一些動詞的語幹屬於例外變化。

faire	pouvoir	savoir
que je　　fasse [kə ʒə fas]	que je　　puisse [kə ʒə pɥis]	que je　　sache [kə ʒə saʃ]
que nous　fassions [kə nu fasjɔ̃]	que nous　puissions [kə nu pɥisjɔ̃]	que nous　sachions [kə nu saʃjɔ̃]
que vous　fassiez [kə vu fasje]	que vous　puissiez [kə vu pɥisje]	que vous　sachiez [kə vu saʃje]

雖然語幹為例外變化，但只有 nous、vous 的語幹與〈直陳式未完成
過去時〉的語幹相同。

aller	vouloir	valoir
que j'　　aille [kə ʒaj]	que je　　veuille [kə ʒə vœj]	que je　　vaille [kə ʒə vaj]
que nous　allions [kə nuzaljɔ̃]	que nous　voulions [kə nu vuljɔ̃]	que nous　valions [kə nu valjɔ̃]
que vous　alliez [kə vuzalje]	que vous　vouliez [kə vu vulje]	que vous　valiez [kə vu valje]

4 **être**、**avoir** 的語幹及語尾變化皆為特殊變化。

être	avoir
que je　　sois [kə ʒə swa]	que j'　　aie [kə ʒɛ]
que nous　soyons [kə nu swajɔ̃]	que nous　ayons [kə nuzejɔ̃]
que vous　soyez [kə vu swaje]	que vous　ayez [kə vuzeje]

56.2 虛擬式現在時的用法

　　簡單來說，在下列動詞之後會接續一個使用虛擬式的從屬子句（que ＋主詞＋虛擬式），而相對於由這些動詞組成的主要子句，虛擬式現在時通常是用來表示現在或未來。

 主要子句中的動詞，常是具有「意志，欲望，情感，懷疑，命令、要求」等等意義的動詞，整理如下：

意志 願望	vouloir souhaiter, désirer demander, exiger	要，想要 希望 要求	avoir besoin ordonner	需要 命令
情感 疑惑	être content être heureux être surpris être furieux	很滿意 很高興 很驚訝 很憤怒	préférer regretter douter craindre	偏好 後悔 懷疑 擔心

Je veux *qu' il vienne* me voir.
我要他來見我。

Elle sera contente *que* sa grand-mère *sorte* de l'hôpital.
她祖母出院她會很高興。

56_2

> 上述這些主觀性的動詞之後所接的從屬子句，會以虛擬式表達；而下列這些客觀性的動詞之後接的從屬子句，則會以直陳式表達。
>
> | penser
croire
espérer | 認為
相信
期待 | dire
affirmer | 說
主張 | remarquer
constater | 察覺
確認 |
> |---|---|---|---|---|---|
>
> 　　Je pense *que c'est* bizarre.　　我認為這很奇怪。
>
> 不過，像 dire 這個動詞後面，是否要用虛擬式（dire que＋直陳式 表示「說」；dire que＋虛擬式 表示「命令」），就要根據語意而定了。因此在利用字典查詢動詞（動詞組）時，要特別注意該動詞是要使用直陳式還是虛擬式表達。

主要子句為帶有「判斷、必要性、可能性」等意義之非人稱句型時，後面也接續虛擬式。

非人稱句型	il faut il importe il est nécessaire il vaut miex	一定要 重要 必要 比較好	il suffit il est normal il est possible il est dommage	足夠 正常 有可能 可惜

Il faut *que* je *parte* après-demain.

（ ＝ Je dois partir après-demain. ）

後天我一定要出發。

C'est dommage *que* cet acteur ne *paraisse* plus en scène.

很可惜這位演員不再演戲了。

> 若主要子句的非人稱句型所表達的是明確的事物（如下列用法），則從屬子句要用直陳式。
>
> | il est évident、il est clair　很明顯 | il est certain　很肯定 |
> |---|---|

 當主要子句（**penser**、**croire**、**il est évident** 等）為否定形、疑問形，而從屬子句的內容又為不確定的事實時。

Je ne crois pas *qu'* il *ait* du talent.

我不認為他有天賦。

Croyez-vous *qu'* elle le *sache*?

您認為她知道（那件事）嗎？

> 主要子句與從屬子句為**同一主詞**時，就要用**不定式**（請見左列的例句）。
>
> Je souhaite *réussir*.　　　　　　Je souhaite *que* vous *réussissiez*.
> 我希望成功。　　　　　　　　　　我祝您成功。
> Il est content d'*être* ici.　　　　Il est content *que* sa fille *soit* ici.
> 他很高興在這裡。　　　　　　　　他很高興他的女兒在這裡。
> Je ne pense pas *sortir*.　　　　　Je ne pense pas *qu'* elle *sorte*.
> 我沒有要出門。　　　　　　　　　我不認為她要出門。

4 從屬子句為表示「時間、條件、退讓」等語意的連接詞組時。

時間	avant que（ne）	～之前
目的	pour que	為了～
退讓	bien que	雖然～
否定	sans que	為了不～；而沒有～
條件	à condition que	在～的條件下
	pourvu que	前提是～
限制	à moins que（ne）	除非～
其他	de crainte que（ne）	因為怕～不好，所以～

➡ 上表中像是 avant que (ne) 等詞組中的 ne，在此為贅詞的 ne。 (p.250)

Elle s'est esquivée de sa chambre **sans que** ses parents **s'en aperçoivent**.
她父母沒有察覺到她從房間偷溜出去。
Les enfants peuvent venir avec nous **à condition
qu'** ils ne **fassent** pas de bruit.
只要孩子們不吵鬧，就可以跟我們一起來。
On arrivera dans une heure **à moins qu'** il n'y **ait** des embouteillages.
除非塞車，否則我們一個小時後就會到了。

5 主要子句中的先行詞為最高級或相當於最高級的用法時（如 le seul「唯一」、le premier「第一」等），而關係子句是用於修飾該先行詞時。

Il est **le meilleur** médecin **à qui** mon père **fasse** confiance.
他是最好的醫生，我父親十分信任他。
C'est **la seule** photo de ma mère **que j'aie**.
我只有這唯一的一張我母親的照片。

6 用於表示「願望」或「對第三者的命令」，而且是省略了主要子句的獨立子句。

Pourvu qu' il ne **pleuve** pas!　　　但願不要下雨！
Qu' il **vienne** ici!　　　　　　　　叫他來這裡！

> que 在慣用語中，有時會被省略。
> **Vive** la France 法國萬歲！

56.3 贅詞的 ne | ne explétif

56_3

　　從屬子句中的 ne 作為「贅詞的 ne」，原本並非否定之意，而是用來表達「『不』希望對方這樣」這類潛藏在說話者話語中的否定語氣。主要用於書面用語，在法文的口語中則經常會省略不用。

1 接在表示「不安、擔心」的動詞或連接詞組之後：從屬子句為虛擬式

Je crains que mon enfant *n' ait* un accident.

我擔心孩子是不是遭遇意外。

Revenez avant qu'il *ne fasse* nuit.

（你們）要在（還沒）天黑前（太陽還沒下山前）回家。

2 接在表示不對等比較的 **plus**、**moins**、**autre** 等單字之後：從屬子句為直陳式

Il est plus poli que je *ne* le *croyais*.

他比我想像中更有禮貌。

Leçon 57 虛擬式過去時

接著要介紹的是虛擬式過去時。

57.1 虛擬式過去時的變化／位

57_1

助動詞（avoir、être）的虛擬式現在時＋過去分詞			
donner		rester	
que j'	aie donné [kəʒɛ dɔne]	que je	sois resté(e) [kə ʒə swa rɛste]
que tu	aies donné [kətyɛ dɔne]	que tu	sois resté(e) [kə ty swa rɛste]
qu' il	ait donné [kilɛ dɔne]	qu' il	soit resté [kil swa rɛste]
que nous	ayons donné [kənuzejɔ̃ dɔne]	que nous	soyons resté(e)s [kə nu swarjɔ̃ rɛste]
que vous	ayez donné [kəvuzeje dɔne]	que vous	soyez resté(e)(s) [kə vu swaje rɛste]
qu' ils	aient donné [kilze dɔne]	qu' ils	soient restés [kil swa rɛste]

57.2 虛擬式過去時的用法

57_2

用法與「虛擬式現在時」類似，相對於主要子句的時態，從屬子句的「虛擬式過去時」是用於表示**過去時**或**未來過去時**。(p.258)

Elle est furieuse *que* vous n'*ayez* pas *répondu* à sa lettre.

她是在氣您沒有回信給她。

Nous ne croyons pas *qu'* il *se soit trompé* d'heure.

我們不認為他當時是記錯時間。

Je te prêterai mon dictionnaire *pourvu que* tu me
l'*aies rendu* avant la fin du mois.

如果你能在月底前還給我，我就把字典借給你。

主要子句與從屬子句為同一主詞時，就要用「不定式過去時」（如下所示）。

Elle regrette *de* ne pas y *être allée*.

她很後悔沒有去那裡。

Elle regrette *qu'* il n'y *soit pas allé*.

她很遺憾他沒去那裡。

Leçon

58

虛擬式
未完成過去時

Le subjonctif imparfait

接下來要介紹的「虛擬式未完成過去時」及「愈過去時」，是當主要子句以直陳式過去式（複合過去時、未完成過去時、簡單過去時）表達，或是當主要子句為條件式時，從屬子句所使用的時態，但現代已經鮮少使用。特別是在法文的口語中，「虛擬式未完成過去時」常以「虛擬式現在時」代替；「虛擬式愈過去時」則常以「虛擬式過去時」代替。不過在文學作品中依然會當作書面用語（特別是第三人稱）來使用，所以還是要瞭解一下用法。

58.1 虛擬式未完成過去時的變化／位

58_1

由「直陳式簡單過去時」第二人稱單數（tu 的動詞變化）拿掉字尾 -s 後，再接上「虛擬式未完成過去時」的字尾即可。

字尾		aimer （tu aimas）	finir （tu finis）	savoir （tu sus）
que je	-sse [s]	que j' aima**sse** [kə ʒemas]	que je fini**sse** [kə ʒə finis]	que je su**sse** [kə ʒə sys]
que tu	-sses [s]	que tu aima**sses** [kə tyemas]	que tu fini**sses** [kə ty finis]	que tu su**sses** [kə ty sys]
qu'il	-^t	qu' il aimâ**t** [kilɛma]	qu' il finî**t** [kil fini]	qu' il sû**t** [kil sy]
que nous	-ssions [sjɔ̃]	que nous aima**ssions** [kə nuzɛmasjɔ̃]	que nous fini**ssions** [kə nu finisjɔ̃]	que nous su**ssions** [kə nu sysɔ̃]
que vous	-ssiez [sje]	que vous aima**ssiez** [kə vuzɛmasje]	que vous fini**ssiez** [kə vu finisje]	que vous su**ssiez** [kə vu sysje]
qu'ils	-ssent [s]	qu' ils aima**ssent** [kilzɛmas]	qu' ils fini**ssent** [kil finis]	qu' ils su**ssent** [kil sys]

1 當主要子句為「直陳式過去時」或者「條件式」,而從屬子句為「虛擬式未完成過去時」時,表達的是在過去時間裡與主要動詞同時發生、或比主要動詞晚發生的動作。 **(p.258)**

Je ne crois pas qu'il soit menteur.

→ Je ne croyais pas *qu'*il *fût* menteur.
　我沒想到他是個騙子。

Elle prie le ciel que son fils guérisse.

→ Elle a prié le ciel *que* son fils *guérît*.

　 (= Elle a prié le ciel que son fils guérisse.)
　她祈求上天他兒子能夠治癒。

➡ 現在常以虛擬式現在時代替虛擬式未完成過去時。
J'aimerais *que* tu m'*écrives* plus souvent.
我希望你能夠更常寫信給我。

2 條件式現在時第二形態:此為書面語,指的是從屬子句中être、avoir、devoir 等單字的「虛擬式未完成過去時」(倒裝形態),和條件式現在時一樣可以用於表達讓步。

Elle voulut aller avec lui, *fût-ce* (= serait-ce) au bout du monde.
就算是前往世界的盡頭,她都想和他一起去。

Leçon

59 虛擬式愈過去時

Le subjonctif plus-que-parfait

接著要介紹的是**虛擬式愈過去時**。

59.1 虛擬式愈過去時的變化／位

59_1

助動詞（avoir、être）的虛擬式未完成過去時＋過去分詞			
finir		**arriver**	
que j'　　eusse　　fini [kə ʒys fini]		que je　　fusse　　arrivé(e) [kə ʒə fys arive]	
que tu　　eusses　　fini [kə ty ysfini]		que tu　　fusses　　arrivé(e) [kə ty fys arive]	
qu' il　　eût　　fini [kily fini]		qu' il　　fût　　arrivé [kil fytarive]	
que nous　eussions　fini [kə nuzysjɔ̃ fini]		que nous　fussions　arrivé(e)s [kə nu fysjɔ̃zarive]	
que vous　eussiez　fini [kə vuzysje fini]		que vous　fussiez　arrivé(e)(s) [kə vu fysjezarive]	
qu' ils　　eussent　fini [kilzys fini]		qu' ils　　fussent　arrivés [kil fystarive]	

1 當主要子句為「直陳式過去時」或者「條件式」，而從屬子句為「虛擬式愈過去式時」時，主要是表達在主要動詞之前已完成的動作，或是發生在主要動詞之後的動作。**(p.258)**

Je suis heureux qu'elle soit rentrée sans accident.

→ J'étais heureux *qu*'elle *fût rentrée* sans accident.

（＝ J'étais heureux qu'elle soit rentrée sans accident.）
我很高興她安全地回到家。

Elle attend qu'il ait terminé ce travail.

→ Elle attendait *qu*'il *eût terminé* ce travail.

（＝ Elle attendait qu'il ait terminé ce travail.）
她在等他工作結束。

> 現在常以「虛擬式過去時」代替「虛擬式愈過去時」。
> J'aurais voulu *qu*' il *ait vécu*.
> 我希望他活著。

2 條件式現在時第二形態：此為書面用語，有時會以「虛擬式過去時」代替「條件式過去時」或假設語氣＜si＋直陳式愈過去時＞。下面這一句話是 Blaise Pascal 的名言。

Le nez de Cléopâtre：s'il *eût été*（＝ s'il avait été）plus
court, toute la face de la terre aurait changé.
如果克麗奧佩脫拉（埃及豔后）的鼻子短一點，
世界的面貌或許就會不一樣。

Concordance des temps; Discours

Leçon 60

時態的對應與引述句的轉換

關於時態的對應，以及直接／間接引述句的轉換，其實每一課都曾提到過些許內容，而本課便是將所有相關內容做彙整，再一併做介紹。

60.1 時態的對應

60_1

由主要子句及從屬子句所構成的句子，在時態上通常都會有一定程度的關聯，當主要子句的動詞為過去時態時，從屬子句中動詞的語式（modes）及時態（temps）也會有所變化。

1 從屬子句為虛擬式以外的語式時：下表為「時態」及「語式」一覽表，會依動詞及文意而有所不同。

主要子句	從屬子句			
	現在時	過去時	未來時	未來完成時
直陳式現在時 · 未來時	直陳式現在時	直陳式過去時	直陳式簡單未來時	直陳式先未來時
直陳式過去時	直陳式未完成過去時	直陳式愈過去時	條件式現在時	條件式過去時

➡ 當主要子句為「直陳式現在時 · 未來時」時，從屬子句只會以合乎句意的時態表達。

➡ 直陳式過去時包含複合過去時、未完成過去時、簡單過去時等等。

Je crois qu'il est présent.

→ Je croyais qu'il *était* présent.

我以為他會出席。

Je sais qu'il s'est remarié avec Patricia.

→ Je savais qu'il *s'était remarié* avec Patricia.
  我知道他和帕特里夏再婚了。

Je crois qu'elle se mettra en colère.

→ Je croyais qu'elle *se mettrait* en colère.
  我以為她會生氣。

Je suis sûr qu'elle sera venue me chercher avant mon arrivée.

→ J'étais sûr qu'elle *serait venue* me chercher avant mon arrivée.
  我很肯定她會在我抵達前來接我。

2 從屬子句為虛擬式時。

主要子句	從屬子句	
	現在時、未來時	過去時、未來完成時
直陳式現在時 · 未來時	虛擬式現在時	虛擬式過去時
直陳式過去時、 條件式	虛擬式未完成過去時	虛擬式愈過去時

Je ne crois pas qu'elle soit en vacances.

→ Je ne croyais pas qu'elle *fût* en vacances.
  我不認為她正在休假。

Je ne crois pas qu'elle revienne demain.

→ Je ne croyais pas qu'elle *revînt* le lendemain.
  我不認為她隔天會回來。

Je doute qu'il soit parti.

→ Je doutais qu'il *fût parti*.
  我懷疑他是不是真的出發了。

Je doute qu'il ait bien fait ses devoirs avant mon retour.

→ Je doutais qu'il *eût* bien **fait** ses devoirs avant mon retour.

我懷疑他在我回家前是不是真的認真地在寫作業。

➡ 在現代的法文口語中，從屬子句的虛擬式未完成過去時．愈過去時，會以虛擬式現在時．過去時代替。

Je voudrais que tu *sois* toujours près de moi.

我希望你一直在我身邊。

60.2 直接引述與間接引述之間的轉換

60_2

「直接引述」是指將某人的發言，利用《》（引號）原封不動地轉達；「間接引述」則是利用連接詞，將之轉述成為說話者話中的一部分。

Il me dit：«J'ai faim.»	〔直接引述〕他跟我說：「我好餓」。
→ Il me dit qu'il a faim.	〔間接引述〕他跟我說他好餓。

就如上述例句所示，由直接引述轉為間接引述時，會產生以下不同的變化。

➢ 依句子的類型，連接詞或「有連接作用的詞」會產生變化

➢ 人稱（人稱代名詞、所有格形容詞、所有格代名詞等）的變化

➢ 時制的對應（當主要子句為過去時態時）

➢ 表示時間或場所的副詞會產生變化

aujourd'hui 今天 → ce jour-là 當天　　hier 昨天 → la veille 前一天

maintenant 現在 → alors 當時　　ici 這裡 → là 那裡

句子的類型	有連接作用的詞	例句
直敘句	que	Il m'a dit : «Cette occasion ne reviendra jamais.» → Il m'a dit *que* cette occasion ne reviendrait jamais. 他對我說以後不會再有這麼好的機會。
命令句	de＋不定式	Il nous a dit : «Taisez-vous !» → Il nous a dit *de* nous taire. 他告訴我們要保持安靜。
		Il nous a ordonné : «Ne fumez pas !» → Il nous a ordonné *de* ne pas fumer. 他囑咐我們不要抽煙。
間接疑問句	si 是否～	Elle m'a demandé : «Est-ce que tu vas au cinéma avec moi ?» → Elle m'a demandé *si* j'allais au cinéma avec elle. 她問我要不要和她一起去看電影。
	pourquoi、quel、où 等	Elle m'a demandé : «Quel sport aimez-vous ?» → Elle m'a demandé *quel* sport j'aimais. 她問我喜歡什麼運動。
	qui	Il m'a demandé : «Qui est cette fille ?» → Il m'a demandé *qui* était cette fille. 他問我那個女孩子是誰。
	ce qui 什麼（是）	Il m'a demandé : «Qu'est-ce qui s'est passé hier ?» → Il m'a demandé *ce qui* s'était passé la veille. 他問我昨天發生了什麼事。
	ce que 把什麼	Il m'a demandé : «Qu'est-ce que tu as perdu ici ?» → Il m'a demandé *ce que* j'avais perdu là. 他問我在那裡掉了什麼東西。

➡ 要小心別和指示代名詞的 ce qui、ce que「～的事物」混淆。 (p.206)

60.3 自由間接引述 | discours indirect libre

　　主要用於文學作品中的「自由間接引述」，是介於「直接引述」與「間接引述」之間的引述句。特徵是省略了間接引述句中的 dire que、penser que、croire que 等詞語，以獨立子句的方式提到話題中人物的想法。因此，此類敘述句的人稱、時制都和間接引述相同，但語意則較接近直接引述。

Il se demandait：《Pourquoi je suis venu au monde ?》　〔直接引述〕
當時他感到疑惑：「我為什麼來到這個世界上？」

Il se demandait pourquoi il était venu au monde.　　　〔間接引述〕
當時他很疑惑自己為什麼會來到這個世界上。

Pourquoi il était venu au monde ?　　　　　　　　〔自由間接引述〕
他為什麼來到這個世界上？

→ Il maudissait sa destinée. *Pourquoi il était venu au monde* ?
　他詛咒自己的命運。不解自己為什麼要來到這個世上？

Leçon 61

La cause, la concession, l'opposition, le but
理由、讓步、對比、目的的表達

本課要介紹的是有關理由、退讓等用法。

61.1 理由、原因

介系詞（介系詞片語）		連接詞（連接詞組）		
à cause de	由於	parce que	〔未知的理由〕	
grâce à	多虧	pusique	〔已知的理由〕	因為～
en raison de	鑑於	comme	〔主要置於句首〕	
pour＋不定式過去時	以致於	car	〔承接前文〕	～，因為～

Avez-vous trouvé un emploi *grâce à* Christophe ?
您是多虧克里斯托夫的幫忙才找到工作的嗎？

61_1

Il a été arrêté *pour* avoir volé une voiture.
他因為偷車而被逮捕。

Pourquoi est-elle déprimée ?
—*Parce qu*'elle a raté ses examens.
她為什麼沮喪？
－因為她考試沒考好。

Comme j'avais rendez-vous chez le médecin, je n'ai pas
pu participer à la réunion.
因為要去看醫生，所以我無法出席這場會議。

61_2

介系詞（介系詞片語）		連接詞（連接詞組）		
malgré en dépit de	雖然 不理會	bien que quoique	＋虛擬式 ＋虛擬式	雖然 儘管
mais cependant	但是 然而	même si (malgré que)	＋虛擬式	即使 儘管（罕用詞）

Bien qu' elle ait joué parfaitement au concours, elle n'a reçu aucun prix.
雖然她在演奏比賽中有完美的表現，然而卻沒有得到任何名次。

J'ai de la fièvre, **mais** je voudrais quand même aller en excursion.
雖然發燒了，但我還是想去遠足。

Même si tu étais vieille, je t'aimerais.
即使你年華老去，我還是愛你。

Ils ne se ressemblent pas du tout **malgré qu'**ils soient jumeaux.
他們倆雖然是雙胞胎卻一點都不像。

Malgré qu' il soit malade, il a beaucoup d'appétit.
儘管生病了，但他的胃口很好。

61.3 對比

介系詞（介系詞片語）		連接詞（連接詞組）	
au contraire de	與～相反	mais	可是
à l'opposé de	相反地	tandis que	而～
		alors que	

Isabelle était très discrète *au contraire de* sa sœur gaie.
和她開朗的姐姐相反，伊莎貝爾是個安靜的小孩。

61_3

C'est très important pour moi *tandis que* c'est sans importance pour lui.
對我而言是很重要的事，但對他而言卻無關緊要。

61.4 目的

介系詞（介系詞片語）		連接詞（連接詞組）	
pour	＋名詞、不定式	pour que	＋虛擬式
afin de	＋不定式	afin que	＋虛擬式
en vue de	＋名詞、不定式 為了～		為了～

Elle fait du jogging tous les matins *pour* sa santé.
她為了身體健康每天早上去慢跑。

61_4

Je vous joins une formule de demande *afin que* vous
puissiez vous y inscrire immédiatement.
我附上申請書讓您可以馬上提出申請。

Leçon 62

Le participe présent

現在分詞

法文的分詞有「現在分詞」及「過去分詞」。之所以稱為分詞，是因為要藉此和動詞做區分，轉為扮演形容詞的角色。本課主要介紹的是用於書面用語的**現在分詞**。

62.1 現在分詞的形態

62_1

1 簡單形：由動詞「直陳式現在時」第一人稱複數（nous）的變位，拿掉字尾 -ons，再加上現在分詞的字尾即可。

字尾
ant
[ɑ̃]

chanter （nous chant~~ons~~）	finir （nous finiss~~ons~~）	prendre （nous pren~~ons~~）
chant**ant** [ʃɑ̃tɑ̃]	finiss**ant** [finisɑ̃]	pren**ant** [prənɑ̃]

être、avoir、savoir 的語幹為例外變化。

être	avoir	savoir
étant [etɑ̃]	ayant [ejɑ̃]	sachant [saʃɑ̃]

2 複合形：用於表示在主要動詞的動作之前所完成的行為、事情。

助動詞（avoir、être）的現在分詞＋過去分詞	
boire	aller
ayant bu [ejɑ̃ by]	étant allé(e)(s) [etɑ̃ ale]

➡ 現在分詞複合形（étant＋過去分詞）的 étant 有時會省略。

62.2 現在分詞的用法

62_2

1 當形容詞用：現在分詞和關係子句（關係代名詞 **qui** 引導的子句）有相同的作用。

Nous cherchons une nourrice *ayant* de l'expérience et
aimant les enfants.

（＝Nous cherchons une nourrice qui a de l'expérience et
qui aime les enfants.）

我們正在尋找既喜歡小孩又有經驗的保姆。

Les voyageurs *ayant acheté* des billets devront composter.

（＝Les voyageurs qui ont acheté des billets devront composter.）

已購買車票的乘客務必要蓋日期戳印。

> 請試著比較下列例句。由現在分詞轉變而來的形容詞，要與修飾對象
> （名詞、代名詞）的陰陽性、單複數一致。(p.101)
> C'est une actrice *charmant* tous les hommes.　　〔現在分詞〕
> 這位是迷倒所有男性的女演員。
> C'est une actrice *charmante*.　　　　　　　　　　〔形容詞〕
> 這位是很迷人的女演員。

2 當副詞用：表示「同時性、條件、理由、讓步」等。

(a) 當「現在分詞」與「主要子句」的主詞相同時

Etant petit, il était appelé《l'enfant prodige.》　　　〔同時性〕

（＝Quand il était petit, il était appelé《l'enfant prodige.》）

他小的時候被稱為「神童」。

N'*ayant* pas *reçu* sa lettre, je n'ai pas pu y répondre.　　〔理由、原因〕

（＝Comme je n'ai pas reçu sa lettre, je n'ai pas pu y répondre.）

因為沒收到他／她的信件，所以我沒辦法回信。

(b) 絕對分詞構句：當「現在分詞」有自己的主詞，和「主要子句」的
主詞不同時

　　Le printemps ***venant***, les arbres fleuriront.　　　〔條件〕

　　（＝Si le printemps vient, les arbres fleuriront.）

　　春天來了，樹木就會開花。

　　Vos commandes n'***étant*** pas ***arrivées***, on ne pourra pas

　　vous les livrer.　　　　　　　　　　　　　　　　〔理由、原因〕

　　（＝Comme vos commandes ne sont pas arrivées, on ne

　　　pourra pas vous les livrer.）

　　由於您訂購的品項尚未到貨，因此無法出貨。

62.3 過去分詞構句

62_3

　　過去分詞也有分詞構句，把現在分詞複合形（étant＋過去分詞）中
的 étant 省略，即形成分詞構句。

Assise dans un fauteuil, elle regardait en l'air.　　　〔同時性〕

她坐在扶手椅上，抬頭看著天空。

L'été ***fini***, je retournai à Paris.　　　　　　　　　〔理由、原因〕

因為夏天結束了，所以我回巴黎。

> 由過去分詞轉變而來的形容詞，也要與修飾對象（名詞、代名詞）的陰
> 陽性、單複數一致。(p.101)
> 　　Cette fleur est ***fanée***.　　　〔形容詞〕
> 　　這朵花枯萎了。

63

副動詞

相較於用作書面用語的現在分詞，「副動詞」則是更為口語的用法。

63.1 副動詞的形態

63_1

介系詞 en + 現在分詞		
écouter	dire	savoir
en écout*ant*	en *disant*	en *sachant*
[ãnekutã]	[ã dizã]	[ã saʃã]

➡ 副動詞並非複合形。

63.2 副動詞的用法

63_2

主要是當副詞用：副動詞所表達的動作通常是用來修飾主要子句的主詞，以及用來表示該動作的「同時性、條件、方法、對立」等狀態。

Elle cuisine *en regardant* la recette.　　　　　〔同時性〕

（＝Elle cuisine pendant qu'elle regarde la recette.）

她一邊看食譜一邊做菜。

Nous ne nous sommes pas salués *en nous croisant*.　〔同時性〕

（＝Nous ne nous sommes pas salués quand nous nous sommes croisés.）

我們在擦身而過時沒有互相打招呼。

En parlant toujours avec des Français, tu progresseras
en français.　　　　　　　　　　　　　　　　〔條件〕
（＝Si tu parles toujours avec des Français, tu progresseras en français.）
若一直有機會和法國人對談，你的法文就會進步。

On apprend beaucoup de choses *en lisant*.　　　　〔方法〕
透過閱讀，我們可以學習許多事。

> 若在副動詞前加上 tout，可以強調動詞的「同時性」，亦可表達「對
> 立」。
> 試著從以下的例句比較現在分詞與副動詞。
>
> 　　Je l'ai vue *entrant* au supermarché.
> 　　我看到她進入超市。　　　　　　〔現在分詞 entrant 的主詞：la〕
> 　　Je l'ai vue *en entrant* au supermarché.
> 　　我在進入超市時遇到她。　　　　〔副動詞 en entrant 的主詞：je〕

過去分詞的一致性

關於過去分詞的一致性，其實每一課都曾提到過些許的內容，而本課便是將所有相關內容彙整後一併做介紹。

1 與助動詞 être 搭配時

(a) 通常若為不及物動詞的複合時態，過去分詞要與主詞的陰陽性、單複數一致。

A cette heure-là, ils étaient déjà rentrés chez eux.
那時他們已經回到家了。

(b) 如果是代動詞的複合時態，當反身代名詞 se 為直接受詞時，過去分詞要與該直接受詞（也就是主詞）的陰陽性、單複數一致。

➡ Elle s'est coupée au doigt.　　〔se 為直接受詞〕
她的手指受傷了。

➡ Elle s'est coupé le doigt.　　〔se 為間接受詞〕
她切到自己的手

(c) 若為被動語態，過去分詞要與主詞的陰陽性、單複數一致。

Je suis très heureux que la sentence juste ait été rendue par le président.
我對於主審法官所做的正確判決感到很高興。

2 與助動詞 avoir 搭配時

複合時態中，若直接受詞在過去分詞之前，則過去分詞要與該直接受詞的陰陽性、單複數一致。

(a) 若過去分詞前面是受詞人稱代名詞時：

Il les a déjà jeté*(e)s* à la poubelle.

他已經把那些都丟進垃圾筒裡了。

(b) 若過去分詞前面是關係代名詞 que 或強調語法時：

Les fraises que tu as cultivé*es* sont bien mûres.

你種的草莓已經成熟了。

C'est la tarte à la crème que j'ai pris*e*.

我拿的是水果奶油餡餅。

(c) 若過去分詞前面是疑問詞、數量副詞時：

Quelle robe avez-vous choisi*e* ?

您要選哪一件連身裙？

Laquelle de ces voitures avez-vous essayé*e* ?

這些車當中，你試開了哪一部車？

Combien de poissons a-t-il pêché*s* ?

他釣了幾隻魚？

3 若為過去分詞構句或形容詞的情況時。(請見 p.267)

65 不定式

最後一課要介紹的是不定式。

65.1 動詞不定式的形態

65_1

動詞不定式依字尾的特徵共分為以下 4 種。 (p.111)

-er 動詞	-ir 動詞	-re 動詞	-oir 動詞
aimer... 等	finir... 等	prendre... 等	savoir... 等

1 不定式現在時：不定式本身並不具時間性，是用來表示與主要動詞同時發生或發生在主要動詞之後的行為、事件。

Il va la *chercher*.
他去接她。
Il est allé la *chercher*.
他去接她了。
Il ira la *chercher*.
他會去接她。

2 不定式過去時：不定式過去時並非表示「過去」，而是表示主要動詞之前「已完成」的行為、事件。

助動詞（avoir、être）的不定式＋過去分詞

Il est surpris d'*avoir gagné* à la loterie.
他很驚訝他中彩券了。
Elle a dormi après *s'être douchée*.
她洗完後就睡了。

Il faut *avoir achevé* ce manuscrit avant demain.

明天之前一定要完成這份手稿。

➡ 動詞不定式的否定形，通常是以（ne pas＋不定式）表示。

Le voyant lui a conseillé de *ne plus* le *voir*.

占卜師勸她別再和他見面。

65.2 動詞不定式的用法

65_2

1 當作名詞使用：動詞不定式可當作主詞，也可以當作其他詞類的補語。

Vouloir, c'est pouvoir.	〔主詞（諺語）〕
有志者，事竟成。	
Elle adore *faire* du shopping ?	〔動詞補語〕
她很喜歡購物嗎？	
Il apprend à *conduire*.	〔動詞補語〕
他在學開車。	
Mon père m'a interdit de *sortir* le soir.	〔動詞補語〕
父親不准我晚上外出。	
Tu es prêt à *partir* ?	〔形容詞補語〕
你準備好出發了嗎？	

2 當作動詞使用：動詞不定式可以表示疑問、指示、命令。

Comment *dire* ?	〔疑問〕
要怎麼說才好？	
Souligner les participes présents.	〔指示、命令〕
在現在分詞下畫底線。	
Ne pas *mettre* de publicités dans la boîte aux lettres.	〔指示、命令〕
不要把廣告傳單放入信箱中。	

➡ 與一般對話中的命令形不同，無人稱的動詞不定式所代表的指示、命令，是以不特定多數的人為對象的表達方式。

65.3 感官動詞／使役動詞＋動詞不定式

搭配感官動詞或使役動詞使用的動詞不定式如下所示。

1 搭配感官動詞（**voir**、**entendre**、**sentir** 等）：表示「（看到、聽到、感覺到）某主詞做的動作」

動詞不定式未搭配直接受詞時	J'entends le chien *aboyer*.[1] （ = J'entends aboyer le chien.） 我聽到狗在叫。
動詞不定式搭配直接受詞時	J'ai entendu ma grand-mère *raconter* les fantômes. 我聽過祖母講鬼故事。

➡ 由於 le chien 或 ma grand-mère 為主要動詞的直接受詞，同時也是不定式之動作執行者，所以若要將這些字代換為受詞人稱代名詞（COD），就必須放在主要動詞之前。
   Je *l'*entends aboyer.
   Je *l'*ai entendue raconter les fantômes.

1 ➡ 此句例句若以關係子句表達，則如以下例句所示。
   J'entends le chien *qui* aboie.

2 搭配使役動詞＜**faire**＋動詞不定式＞：表達「讓～」

動詞不定式未搭配直接受詞時	Il a fait *venir* sa femme de ménage.[1] 他叫他的（女）管家來這裡。
動詞不定式搭配直接受詞時	Il a fait *garder* ses enfants à（par）sa femme de ménage. 他讓（女）管家看管孩子們。

1 ➡ 若為＜**faire**＋動詞不定式＞的複合時態，即使直接受詞在過去分詞之前，過去分詞也不會產生變化。
   Il l'a *fait* venir.   ~~Il l'a *faite* venir.~~

3 搭配使役（放任）動詞＜laisser＋動詞不定式＞：表達「讓～；任
由～」

動詞不定式未搭配 直接受詞時	Il a laissé *jouer* sa fille. （＝ Il a laissé sa fille jouer.） 他任由女兒自己去玩。
動詞不定式搭配直 接受詞時	Il a laissé sa fille *lire* son livre. （＝ Il a laissé lire son livre à sa fille.） 他讓女兒自己看書。

附錄

Annexes

1 冠詞的省略

在法文中，原則上所有的名詞都要加上冠詞，但也有部分的情況會將冠詞省略。

1 表示國籍、身分、職業的名詞

Elle est *canadienne*.	她是加拿大人。
Je suis *fonctionnaire*.	我是公務員。

2 與動詞搭配成為片語的名詞

Tu as *sommeil* ?	你睏了嗎？
Je lui donne *congé*.	我批准他（她）休假。

3 ＜數量副詞＋de＋無冠詞的名詞＞

Il a beaucoup de *choses* à faire.	他有很多事要做。

4 接在介系詞之後的名詞，此時〈介系詞＋名詞〉具有形容詞用或副詞功能。

un verre *à vin*	酒杯
un pianiste *de génie*	天才鋼琴家
une statue *en (de) marbre*	大理石雕像
avec prudence	小心翼翼地

2 限定詞

所謂的限定詞，是指像冠詞這類置於名詞（專有名詞除外）之前，用來表示該名詞特性（如陰陽性、單複數等）的詞類。

1 冠詞、指示形容詞、所有格形容詞：無法與其他限定詞併用

~~votre cette montre~~	您的這支的手錶
~~votre cette montre~~	您的手錶
~~cette montre~~	這支手錶

2 數詞、疑問形容詞、不定形容詞：可與其他的限定詞併用

ces deux montres 　　　　　　　　　　　　 這二支手錶

限定詞		陽性單數	陰性單數	陰陽性複數
冠詞	定冠詞	le (l')	la (l')	les
	不定冠詞	un	une	des
	部分冠詞	du (de l')	de la (de l')	
指示形容詞		ce (cet)	cette	ces
所有格形容詞		mon	ma (mon)	mes
		ton	ta (ton)	tes
		son	sa (son)	ses
		notre		nos
		votre		vos
		leur		leurs

3 基本句型

　　句子通常是由「主詞與動詞」等元素所構成。接下來，透過將句子各元素相互搭配的方式，來介紹法文的基本句型。

1 主詞（sujet）：句子中執行動作的詞即為主詞，主詞可以是名詞、代名詞、動詞不定式等字詞。

2 動詞 (verbe)：表示主詞的動作、狀態或存在的字詞。

3 補語 (attribut)：表示主詞或直接受詞的性質、狀態、國籍或身分等等的字詞，名詞、代名詞、形容詞、動詞不定式等字詞都可以當作補語使用。

> 將主詞（或直接受詞）與主詞補語連結的動詞（être、devenir、croire、trouver 等），稱為連綴動詞。
> Elle est *innocente*. 〔主詞 elle 的補語〕 她是清白的。
> Je la crois *innocente*. 〔直接受詞 la 的補語〕我認為她是清白的。

4 直接受詞補語 (complément d'objet direct)：又稱為直接受詞，簡稱 COD，是不透過介系詞，直接和動詞產生連結的字詞。

> 直接接在動詞後面，有時會翻譯出帶有「把～」等語意。相當於英文的直接受詞，如英文 I met Michel. 或 I love Michel. 中 Michel 的位置。
>
> Je vois Michel.　　我見到米歇爾。

5 間接受詞補語 (compément d'objet indirect)：又稱為間接受詞，簡稱 COI，要透過介系詞 à（或 de 之類的介系詞）間接與動詞產生連結的字詞。

> 要透過像是 à, de 等介系詞，通常會翻譯出帶有「給～」「對～」等語意。相當於英文的間接受詞，如英文 I sent a letter to Michel. 中 Michel 的位置，直接受詞是 a letter，間接受詞是 Michel。
>
> Je pardonne à Michel.　　我原諒米歇爾。

6 狀態補語 (complément circonstanciel)：表示時間、場所、原因、目的、對比等情況的字詞，主要為副詞、介系詞片語。

> 由於並非句子的基本元素，故並未列於下表的基本句型當中。
>
> Demain, je vais acheter un sac à la boutique avec ma mère.
> 明天，我要和我媽去精品店買包包。

S + V	Les étoiles scintillent.　星光閃爍。
S + V + A（補語）	Nathalie paraissait fatiguée. 娜塔莉似乎很疲倦。
S + V + COD	Ils aiment le champagne. 他們喜歡香檳。
S + V + COI	Le chien obéit à son maître. 那隻狗服從他的主人。
S + V + COD + COI	Il offre un bouquet à Patricia. 他送一束花給帕特里夏。
S + V + COD + A（補語）	Je trouve ce tableau manifique. (= Je le trouve manifique.) 我認為這幅畫非常棒。

➡ 表格中的 A 指「主詞補語」或「受詞補語」。

4 句子的種類

1 依句子的功能分類

> **直述句**：陳述一般的事實。
> **疑問句**：用來提出疑問的句子，或者是表達諷刺意味的句子。
> **命令句**：表達命令或請求、要求等語氣的句子。
> **感嘆句**：表達喜怒哀樂或驚訝等帶有強烈情緒的句子。

直述句	Eric danse bien.	艾利克舞跳得很好。
疑問句	Eric danse bien?	艾利克舞跳得很好嗎？
命令句	Eric, danse bien!	艾利克，舞好好地跳！
感嘆句	Comme Eric danse bien!	艾利克的舞跳得真好！

➡ 這些不同類型的句子是根據標點符號或語調來區分，此外還會有肯定句與否定句。

➡ 感嘆句分為含感嘆詞（如 quel、comme、que、ce que、qu'est-ce que 等）的句子，以及不含感嘆詞的句子。例如：

Incroyable! 真是不敢相信！

2 依句子的構造分類

> **簡單句**：由單一的獨立子句形成的句子。
> **複合句**：必須有兩個以上的子句才能成立的句子。

簡單句	Il regarde la télévision. 他在看電視。 Va acheter du pain. （你）去買個麵包。
複合句	On y va ou on n'y va pas? 我們到底要不要去？ Elle était absente quand tu lui as téléphoné. 你打電話來的時候，她正好不在。

3 複合句中的子句類別

〔並列子句〕：不用連接詞，而是以標點符號（, ;）分開的兩個獨立子句。
〔對等子句〕：以對等連接詞（et、ni、mais、car、donc 等）連接的子句。
〔主要子句與從屬子句〕：主要子句，以及與主要子句有從屬關係的子句，兩者之間以從屬連接詞（quand、si、comme、que 等）連接。

➡ 對等連接詞與從屬連接詞之間，並非完全不能互通，有時也會因語意而交換使用。

並列子句	Je n'ai rien entendu, je dormais profondément. 我睡得太沉什麼都聽不到。
對等子句	Il fait froid à Paris, mais il fait chaud à Nice. 巴黎很冷，尼斯很熱。
主要子句與從屬子句	Nous sommes allés au cinéma, parce qu'il pleuvait. 因為下雨，所以我們去看了電影。

5 語式與時態

> **語式**：表達說話者內心的想法或態度。
> **時態**：表示時間的位置。簡單時態並不會用助動詞表示，若為複合時態，則會以＜助動詞（avoir、être）＋過去分詞＞表示。

　　下表是以 chanter 為例，依動詞最主要的各類用法（包括語式與時態）所匯整的一覽表。

時態＼語式		單純時態	複合時態	chanter（第二人稱單數）	
人稱敘述	直陳式	現在時[1]	複合過去時	tu chantes	tu as chanté
		未完成過去時	愈過去時	tu chantais	tu avais chanté
		簡單過去時	先過去時	tu chantas	tu eus chanté
		簡單未來時	先未來時	tu chanteras	tu auras chanté
	條件式	現在時	過去時	tu chanterais	tu aurais chanté
	虛擬式	現在時	過去時	tu chantes	tu aies chanté
		未完成過去時	愈過去時	tu chantasses	tu eusses chanté
	命令式	簡單形	複合形[2]	chante	aie chanté
非人稱敘述	分詞	現在時（簡單形）	複合形	chantant	ayant chanté
		過去時		chanté	
	不定式	現在時	過去時	chanter	avoir chanté

1 ➡ 直陳式現在時可以表達的範圍很廣，不僅可用於表示現在的時態，也可用於表示「較近期的未來或過去」。

On part demain après-midi.　　　　　　　我們明天下午出發。

Je rentre à l'instant.　　　　　　　　　我剛剛才回來。

2 ➡ 命令式的簡單形可用於表示現在及未來發生的事；複合形則是表示與過去時間無關的未來完成式，但此種形態非常少用。

索引

Index

以下粗體的法文字表示課程標題之文法名稱。

台灣廣廈 國際出版集團
Taiwan Mansion International Group

國家圖書館出版品預行編目（CIP）資料

全新！自學法語文法 看完這本就會用/石川佳奈惠著. -- 初版.
-- 新北市：語研學院出版社, 2023.08
　面；　公分
ISBN 978-626-97244-5-1（平裝）

1.CST：法語 2.CST：語法

804.56　　　　　　　　　　　　　　　112008904

全新！自學法語文法 看完這本就會用

作　　　者／石川佳奈惠	編輯中心編輯長／伍峻宏・編輯／古竣元	
審　　　定／楊光貞	封面設計／張家綺・內頁排版／菩薩蠻數位文化有限公司	
翻　　　譯／劉芳英	製版・印刷・裝訂／皇甫・秉成	

行企研發中心總監／陳冠蒨　　　　線上學習中心總監／陳冠蒨
媒體公關組／陳柔彣　　　　　　　數位營運組／顏佑婷
綜合業務組／何欣穎　　　　　　　企製開發組／江季珊

發　行　人／江媛珍
法 律 顧 問／第一國際法律事務所 余淑杏律師・北辰著作權事務所 蕭雄淋律師
出　　　版／語研學院
發　　　行／台灣廣廈有聲圖書有限公司
　　　　　　地址：新北市235中和區中山路二段359巷7號2樓
　　　　　　電話：（886）2-2225-5777・傳真：（886）2-2225-8052
讀者服務信箱／cs@booknews.com.tw

代理印務・全球總經銷／知遠文化事業有限公司
　　　　　　地址：新北市222深坑區北深路三段155巷25號5樓
　　　　　　電話：（886）2-2664-8800・傳真：（886）2-2664-8801
郵 政 劃 撥／劃撥帳號：18836722
　　　　　　劃撥戶名：知遠文化事業有限公司（※單次購書金額未達1000元，請另付70元郵資。）

■出版日期：2023年08月　　　ISBN：978-626-97244-5-1

HONKI DE MANABU FRANCE GO
©KANAE ISHIKAWA 2010
Originally published in Japan in 2010 by BERET PUBLISHING CO., LTD.
Chinese translation rights arranged through TOHAN CORPORATION, TOKYO.
and Keio Cultural Enterprise Co., Ltd.